고장 난 영혼

고장 난 영혼   조지 엘리엇 소설   박희원 옮김

......오래된 이야기다. ....
""번 옛날에나 ......   치를 대가에는
아랑곳없이 인간이...   """유혹자에게
자신을 팔아넘기고... ///   피의 제약을...
맺는 것, 인간의 .... //추위에는
늘 어두운 그림자가 ....   있기에.//
그 제약을 맺고도....   여전히...
사나운 충동으로 ....///   영혼의 갈증을
채우고자 허겁지겁 ///   악마의 잔을
들이키는 것. 지혜에   이르는
지름길이란, 특허받은/////........   전찻길////
이란 존재하지 않는다. //////.   수세기에
걸친 발명과 발견이 있었음에도 ....   영혼의 길은
가시 돋친 황야에 ////// /\\\   펼쳐져\\\\
있어 여전히 .....과거와 ////// ....같이 혼자서, /// 피 흘리는..
발로,.... 도와달라 흐느끼며............//   걸어야 한다. 내가 ///말과
표정을... 기다리는 상대이자 그////   손길이 지극한 행복인//아가씨
버사 .....뒤에는 형제가 더 온전/////   하고 눈초리가 더 막막하며   .../
입///// 매가 더 고집스러운, ////   황량하고 이기적인 영혼   ...
의////소유자 버사가 서........ 있었다.   당신, 이 이야기를//// 읽는
당신은//////내게 공감 ////해줄 수 없겠   //////// 는...
가?......   //평행한..두 시내   // // 처럼
흐르는........//////   내 안의 이 이중//////   ///////// 의식을
상상하지 ///////////// 못하겠는가?   ///////////// 내 환영
은 //// /////// //증폭되다 못   ///////////// 해 공포...
가 된 예감 같은 //////////   것이었을//
뿐이다. //////////   충동의 위력/앞에서
관념이 얼마나 ////////   무력.... 한지는
당신도 알 것 ///////...........//   // // //이다.// 또한 // 내
환영은 일단//기   / / / /   / / 억의 일부가//
되고 나면 단 ///   // /   /   / 순한 관념에
지나지 않았다. ///   // /   산
자와 사랑..   한
이에게///   손
이 불들려/인/   눈
내게 적..   외
이 손짓/   과
눈길   백
막///// /고립하였다.

George Eliot   AGORA

차례

벗겨진 베일

위대한 신이시여, 제게 빛을 주지 마옵시고
인간 동지애의 힘을 알 기회를 주옵소서.
인간됨을 더 완전하게 하는 것으로
성장의 유산을 능가하는 힘은 없나니.

1

내 종말의 시간이 다가온다. 최근 나는 협심증 발작에 시달리고 있는데, 주치의 말로는 일이 평범하게 진행되면 목숨이 여러 달 연장되는 일은 없으리라 봐도 좋다고 한다. 그렇다면 내가 남다른 정신이라는 저주를 받은 것과 같이 남다른 체질이라는 저주를 받지 않은 이상 지상의 존재라는 무료한 짐을 지고 끙끙댈 날도 길지 않을 것이다. 그렇지 않다면, 그러니까 대개의 인간이 바라고 대비하는 나이까지 산다면 나는 거짓된 기대로 인한 고통이 진실로 올바르게 계획된 고통보다 더 클 수 있다는 것을 비로소 알게 될 것이다. 내가 언제 죽을지와 그 임종의 순간에 일어날 일은 모두 예견하고 있으니.

오늘부터 딱 한 달 후인 1850년 9월 20일, 나는 저녁 열 시에 이 서재에서 이 의자에 앉아, 끊임없는 통찰과 예지에 지친 채로 망상도 희망도 없이 죽기를 갈망하고 있을 것이다. 등불 안에서 혓바닥을 날름거리는 푸른 불꽃을 바라보고 있을 때, 불이 사그라듦과 동시에 가슴이 오그라드는 끔찍한 통증이 시작될 것이다. 그리고 질식의 순간이 닥치기 전에 나는 겨우 손을 뻗어 종 울리는 줄을 잡아당길 것이다. 하지만 종을 울려도 아무도 오지 않으리라. 이유 역시 안다. 하인 둘이 연인 사이인데 그날 말다툼을 할 것이기 때문이다. 머리끝까지 화가 난 하녀는 자신이 물에 빠져 죽으러 갔다고 페리가 믿길 기대하며 집에서 나간 지 두 시간이 됐을 것이다. 마침내 불안해진 페리가 여자를 찾으러 나간다. 부엌에서 일하는 어린 하녀는 긴 의자에서 잠들어 있다. 이 아이는 종소리를 듣고 오는 법이 없다. 그 소리로는 깨지 않으니. 숨 막히는 느낌이 점점 심해진다. 등불은 끔찍한 악취를 남기고 꺼진다. 안간힘을 써서 종에 매달린 줄을 다시 잡아챈다. 이 순간만큼은 살고자 하는 마음이 절실하지만 도움은 받지 못한다. 미지未知를 갈망했던 나였으나 이제 그런 갈증은 없다. 아, 신이시여, 저를 깨달음에 머물게 하시고 그것에 지치게 하소서. 저는 그것으로 족합니다. 통증과 질식의 고통, 그리고 여기저기의 땅과 들판, 떼까마귀 둥지 트는 숲 아래로 흐르는 자갈 가득한 개울, 비 내린 뒤 풍기는 산뜻한 내음, 침실 창문으로 들어오는 아침 빛, 찬 공기에 이어지는 난로의 온기, 이것들을 어둠이 영영 휘감을 것인가?

어둠, 어둠, 오로지 고통도 없는 어둠뿐이다. 그러나 나는 계속해서 그 어둠을 통과한다. 내 생각은 어둠 속에 머무르지만 이제 내게는 앞으로 나아간다는 감각밖에 없다…….

그때가 오기 전까지, 마지막 남은 통증 없고 기력 있는 시간은 내가 겪은 기이한 이야기를 들려주는 데 쓰고 싶다. 여태 나는 어느 인간에게도 나 자신을 완전히 고백한 적 없다. 동료 인간에게 공감을 얻을 수 있으리라는 생각조차 해보지 않았다. 그러나 죽은 후에 연민과 다정함과 자비를 맞닥뜨릴 가능성은 우리 모두가 누린다. 용서받을 수 없는 이는 오직 살아있는 자뿐이다. 매서운 동풍에 부닥친 비처럼 인간의 넘치는 관용과 숭배에서 배제되는 이도 살아있는 자뿐이다. 심장이 뛸 때 멍을 들여라. 유일한 기회다. 축축하고 소심한 애원을 담은 눈이 아직 당신을 향할 수 있을 때 대답 없는 차가운 시선으로 그 눈을 얼어붙게 하라. 귀, 영혼의 가장 내밀한 안식처로 가는 그 섬세한 전령이 아직 친절한 어조를 받아들일 수 있을 때 딱딱한 정중함으로, 또는 비웃음 섞인 칭찬이나 무심함이라는 시기 섞인 가장으로 떼어내라. 창조하는 뇌가 아직 부당함을 느끼고 형제의 인정을 간구하며 약동할 수 있을 때, 서둘러라, 신중치 못한 판단으로, 시시한 비교질로, 경솔한 허위로 억눌러라. 심장은 머지않아 잠잠해질 것이다. "맹렬한 분노가 더는 심장을 갈기갈기 찢어놓지 못한다."[*] 눈은 애원하기를 그칠 것이다. 귀는 먹을 것이다. 뇌는 모든 활동과 더불어 모든 욕구를 그쳤을 것이다. 그러면 당신의 자비로운 말이 표출될 길을 찾을지 모른다. 그러면 노역과 분투와 실패를 기억하고 연민할지 모른다. 그러면 성취에 응당 보여야 할 경의를 보일지 모른다. 그러면 실수를 너그러이 이해해주고 또 그것들을 묻어두는 데 동의

이 책의 주석은 모두 옮긴이 주입니다.—편집자
[*] 조너선 스위프트(『걸리버 여행기』를 쓴 작가)의 비문.

할지 모른다.

이건 학생들에게나 어울리는 시시한 내용인데, 내가 곱씹을 이유가 무엇인가? 사람들이 경의를 표할 작품을 내가 남길 일은 없을 테니 나와는 그다지 관계도 없는 이야기다. 내게는 무덤에서 눈물을 흘림으로써 세상에 있을 때 내게 상처를 준 걸 만회할 가까운 친척도 없다. 그래도 내 일생의 사연만은 살아서, 친구들에게 받았으리라 여겨지는 것보다 조금이나마 더 많은 공감을, 나 죽은 후 낯선 이들에게 얻어낼 수 있으리라.

내 유년 시절은 그후 이어진 모든 세월과 대비되는 까닭에 실제보다 더 행복했던 것처럼 느껴지는 듯하다. 그때는 나도 다른 아이들과 마찬가지로 장막 너머의 미래를 꿰뚫어 볼 수 없었기 때문이다. 나 역시 다른 아이들이 누리는 현재의 기쁨을 모두 누렸고 그들이 내일을 향해 품는 확정되지 않은 달콤한 희망을 모두 품었다. 그리고 내게는 다정한 어머니가 있었다. 삭막한 하세월이 지난 지금도 나를 무릎에 앉힌 채 쓰다듬었던 어머니의 손길을 떠올리거나 내 작은 몸을 감싼 어머니의 팔과 내게 맞댄 어머니의 뺨을 추억하면, 미약하게나마 그때의 감각이 되살아난다. 한때 내가 눈에 질환이 생겨 앞을 보지 못한 적이 있었는데 어머니는 나를 아침부터 밤까지 당신의 무릎에 앉혀 두셨다. 그러나 그 둘도 없는 사랑은 이내 내 삶에서 자취를 감췄고, 어렸던 내가 생각하기에도 삶은 그로써 더 싸늘해진 것 같았다. 전과 같이 말구종*을 대동하고 흰 조랑말을 탔지만 말에 오르는 나를 바라보는 애정 어린 눈길도 없고 돌아온 나를 반갑게 맞아주는 품도 없었다. 내가 일고여덟 살 아이들이 흔히 그러는 것 이상으로 어머니의 사랑을 그리워했을지도 모른다. 다른 아이들에게는 삶의 즐거움이 여전히 남아 있었으니. 나는 확실히 무척 예민한 아이였다. 소리가 울리는 마구간에서 포장된 바닥을 디디는 말발굽 소리에, 크게 울려퍼지는 말구종 목소리에, 아버지를 태운 마차가 안마당의 아치 입구를 지나며 요란하게 덜컹대서 개들이 우렁차게 짖는 소리에, 점심과 저녁식사를 알리는 듣기 싫은 징 소리에 느꼈던 공포와 야릇한 흥분이 뒤섞인 감정을 지금도 기억한다. 아버지 집

* 말을 타고 갈 때 앞에서 고삐를 잡고 끌거나 뒤에서 따르는 하인.

은 큰 병영이 있는 주도와 가까워서 때때로 군인들이 발을 맞추어 내는 군화 소리가 들려왔는데, 그때마다 나는 흐느껴 울며 몸을 떨었다. 그러나 군대가 지나가고 나면 그들이 돌아오기를 간절히 바랐다.

아버지는 나를 특이한 아이로 보고 그다지 좋아하지 않았던 것 같다. 자신이 생각한 부모의 의무를 다하는 데는 매우 세심했지만. 그러나 아버지는 인생의 중간점을 이미 지난 뒤였고 아들이 나 하나인 것도 아니었다. 내 어머니는 아버지의 두 번째 부인이었고 어머니와 결혼할 때 아버지 나이는 마흔다섯이었다. 아버지는 완고하고 고지식하며 규율을 엄격히 지키는 천생의 은행가였으나 한편으로는 지주로서 왕성하게 취한 부당 이득으로 지역 사회의 세력가가 되고 싶어 했다. 어떤 날이든 늘 자기 모습을 지키는, 날씨에 영향받지 않고 우울도 명랑도 모르는 사람. 그런 아버지를 나는 크게 경외했고 그 앞에서는 다른 때보다 더 소심하고 예민해졌다. 그런 사정이 보태어져 아버지는 이미 훤칠한 청년이 되어 이튼 스쿨*에 다니는 형

* 1440년 설립된 영국의 명문 사립 학교.

에게 실천한 관행과는 다른 계획으로 나를 교육할 뜻을 굳혔던 것 같다. 형은 아버지를 꼭 닮았으며 아버지의 뒤를 이을 후계자였다. 그래서 인맥을 쌓을 수 있게 이튼 스쿨과 옥스퍼드 대학에 진학해야만 했다. 아버지는 귀족 지위를 획득하는 데 로마 풍자 작가나 그리스 극작가 들이 미치는 영향을 과소평가하는 사람은 아니었다. 그러나 자신도 포터의 『아이스킬로스』*를 읽고 프랜시스의 『호라티우스』**를 일부 맛봤으므로 독자적인 의견을 형성할 자격이 있다고 여겼기에 "죽어서도 왕홀을 쥐고 있는 인간들"을 본질적으로 그다지 존경하지 않았다. 이러한 부정적 관점에 아버지는 근래 생긴 광산 투기 쪽 연줄에서 기인한 긍정적 관점을 덧붙였다. 말하자면, 작은아들에게 실제로 유용한 훈련은 과학 교육이라는 것이었다. 게다가 나처럼 수줍음 많고 예민한 남자아이는 명문 사립 학교에서 힘든 생활을 경험하기에 적합하지 않다는 것도 분명했다. 레더롤 씨가 무척이나 단호하게 말하기로도 그랬다. 레더롤 씨는 안경을 쓰는 덩치 큰 남자

* 그리스 비극 시인 아이스킬로스의 비극 모음집.
** 로마 시인 호라티우스의 시선.

였는데 하루는 내 작은 머리를 그 커다란 양손으로 잡고 조사라도 하듯 여기저기를 미심쩍게 눌렀다. 그러더니 큼직한 엄지를 내 관자놀이에 한 쪽씩 올리고 나를 살짝 밀어낸 뒤 안경을 반짝이며 뚫어지게 쳐다봤다. 가만히 응시하니 뭔가가 마음에 들지 않았는지, 그는 준엄하게 인상을 찌푸리고 엄지로 내 눈썹을 훑으며 아버지에게 말했다.

"저쪽이 좀 모자랍니다. 저쪽은 그렇고, 이쪽은 말이죠." 그가 내 머리 윗부분을 만지며 덧붙였다. "이쪽은 과해요. 저쪽은 끌어내야 하고, 이쪽은 꺼뜨려야 합니다."

몸이 부들거렸다. 어느 정도는 내가 질책의 대상이 되었다는 생각이 어렴풋이 들었기 때문이었고, 또 어느 정도는 처음으로 증오가 술렁였기 때문이었다. 물건을 사려고 값을 깎는 양으로 내 머리를 이리저리 잡아당긴 그 덩치 큰 안경잡이를 향한 증오였다.

그후 내게 채택된 방식에 레더롤 씨가 얼마나 관여했는지는 모르겠지만, 개인 교사들과 자연사와 과학과 여러 현대어가 내 구조의 결점을 바로잡을 도구였음은 분명했다. 나는 기계에 매우 우둔했으므로 그 분야에 시간을 많이 쏟아야 했다. 분류 체계를 외우지 못했으므로 동물과 식물 계통학 공부가 특히 필요했다. 인간 행위와 인간적 감정에 굶주렸으므로 기계 동력과 소체, 전기와 자기 현상을 머릿속에 양껏 욱여넣어야 했다. 체질이 더 나은 소년이라면 과학 기구까지 갖고 있는 내 똑똑한 선생들 아래에서 분명 득을 봤을 것이다. 내가 매주 목요일마다 어김없이 그랬듯 그들도 나만큼 전기와 자기 현상을 흥미롭게 여겼으리란 데도 의심의 여지가 없다. 그러나 정작 나는 개인 교사들이 가르쳐주는 내용에 무지해 고전 학교에서 퇴학당한 로마 학자 중에서도 가장 못난 학자와 나란히 설 만했다. 나는 플루타르코스와 셰익스피어, 『돈키호테』를 몰래 읽었고 종잡을 수 없는 여러 생각을 떠올렸으나 나를 가르친 선생은 "무지한 이와 구별되는 향상된 인간은 물이 비탈 아래로 흐르는 이유를 아는 사람"이라고 잘라 말했다. 나는 그 향상된 인간이 되고 싶은 마음이 없었다. 흐르는 물이 좋았다. 물이 자갈 틈으로 졸졸 흐르며 초록이 선명한 수초를 씻어내리는 것을 지켜보고 듣는 일이라면 한 시간 내내 할 수 있었다. 물이 흐르는 *이유*는 알고 싶지 않았다. 그토록 아름다운 것에는 합당한 이유가 있으리라고 믿어 의심치 않았다.

내 인생의 이 시기를 구구절절 이야기할 필요는 없다. 내가 천성이 예민하고 현실과 동떨어져 있으며, 행복하고 건강한 발달을 촉진하기에는 전혀 적합하지 않은 배양액 속에서 길러졌음을 알 수 있게 할 만큼은 충분히 말했다. 나는 열여섯 살에 제네바로 보내졌다. 남은 학업은 그곳에서 마치기로 계획되었다. 이 변화가 나는 무척 좋았다. 쥐라산맥을 내려가며 처음으로 눈에 담은 석양 받은 알프스산맥이 내게는 천국으로 들어가는 입구처럼 보였다. 그곳에서 인생 3년을 보내는 동안은 경외할 사랑스러움이 만발한 자연 앞에서 느끼는, 감미로운 와인을 마셨을 때와 같은 고양감이 지속되었다. 이렇게 일찍이 자연을 대하는 감수성이 발현한 것으로 보아 내가 시인이었음이 분명하다고 생각할지도 모르겠다. 그러나 내 운명은 그렇게 행복하지 않았다. 시인은 노래를 쏟아내면서 거기에 귀 기울이고 화답할 이들, 언젠가 자신의 노래가 떠내려가 닿을 이들의 존재를 *믿는다.* 그러나 시인의 감수성이 목소리를 찾지 못하면, 정오의 햇살이 수면에 반짝이는 화창한 강둑에서 흘리는 소리 없는 눈물로, 또는 인간의 매서운 목소리를 듣고 싸늘한 눈빛을 볼 때 속으로 치는 몸서리로만 시인의 감수성이 표출된다면 이 묵묵한 정념은 동료 인간과의 교제에서 영혼의 치명적 고독을 수반한다. 고독이 가장 덜했던 시간은 저녁에 호수 가운데로 배를 저어 갈 때였다. 하늘이, 작열하는 산꼭대기가, 드넓은 푸른 물이, 내 인생에서 어머니의 사랑이 사라진 뒤로 어느 인간의 얼굴도 내게 비춰주지 않았던 지극한 사랑으로 나를 감싸주는 것만 같았다. 나는 장 자크*를 따라 했다. 배에 누워 망연히 떠밀리며, 빛이 거하는 곳으로 향하는 선지자**의 불의 전차처럼 산꼭대기 하나하나를 떠나는 빛을 올려다봤다. 그러다 하얀 봉우리들이 죄 울적한 송장처럼 변하면 집으로 배를 몰아야 했다. 빈틈없는 감시하에 지내는 내가 늦은 시간까지 밖을 돌아다니는 것은 허락되지 않았다. 내 이러한 기질은 제네바에서 공부하는 여러 또래 청년들과 끈끈한 우정을 다지

---

* 프랑스의 정치사상가이자 소설가인 장 자크 루소. 제네바에서 태어났으며 빌호에서 배를 탄 경험을 『고백록』 등에 서술한 바 있다.

** 구약성경에 등장하는 선지자 엘리야.

는 데 도움이 되지 않았다. 그래도 친구를 *한 명*은 사귀었는데, 참으로 특이하게도 지적 경향이 나와 정반대인 청년이었다. 그의 이름은 찰스 뫼니에라고 해두겠다. 그는 영국에서 태어났기 때문에 진짜 성은 영국식이었지만, 찰스라는 이름은 나중에 꽤 유명해졌다. 그는 부모를 여의고 얼마 안 되는 처량한 돈으로 생활하며 특출난 재능을 타고난 분야인 의학의 길을 걸었다. 이상하지 않은가! 오는 자극에는 민감하지만 주의를 기울이는 데는 둔감하며 탐구를 꺼리고 사색에 빠져 있는 두루뭉술한 정신의 소유자인 내가 과학에 열정을 불사르는 청년에게 끌렸다니. 그러나 그 유대는 지적인 것이 아니라 우둔한 이와 명석한 이를, 꿈을 사는 이와 현실을 사는 이를 기꺼이 섞어주는 원천에서 비롯한 것이었다. 그 원천이란 감정의 동질감이었다. 찰스는 가난하고 외모가 볼품없어 제네바의 부랑아들에게 놀림당했고 어느 누구의 집에도 초대받지 못했다. 나는 이유는 다를지언정 찰스도 나처럼 고립되었다는 것을 알고 동병상련과 분노를 느꼈고, 머뭇거리며 그에게 다가갔다. 우리 사이에서는 서로 다른 기질이 허락하는 만큼 동지애가 솟았다고 말해두면 족하리라. 드물게 찰스가 일하지 않는 날이면 우리는 함께 살레브산을 오르거나 배를 타고 브베로 갔고 나는 앞으로 어떤 실험과 발견을 하겠노라고 대담한 구상을 펼쳐내는 찰스의 독백을 몽롱하게 들었다. 나는 머릿속으로 그 독백을 언뜻언뜻 보이는 푸른 물과 부유하는 여린 구름에, 새소리와 멀리서 반짝이는 빙하에 어지러이 뒤섞었다. 찰스는 내가 반쯤 넋이 빠져 있다는 것을 잘 알면서도 이런 식으로 내게 말하기를 좋아했다. 자기를 좋아해준다고 생각하면 개나 새에게도 바라고 계획하는 일을 말하는 것이 사람 아닌가? 이 우정을 언급한 것은 내가 이야기할 훗날의 어떤 기이하고 지독한 장면과 관계가 있기 때문이다.

제네바에서 누린 행복한 생활은 내가 중병에 걸리는 바람에 마침표가 찍혔다. 그 병은 어떤 면에서는 내게 공백이었고 또 어떤 면에서는 희미하게 기억나는, 아버지가 이따금 침대 옆에 있곤 했던 고통스러운 시간이었다. 이어서 느른하고 단조로운 요양 생활을 해야 했고, 내가 점차 기력을 회복해 마실을 할 수 있는 시간이 늘어나면서 그 생활은 다양한 활동과 기억할 만한 일들로 이어졌다. 유독 기억이 생생한 어느 날 아버지는 내 소파 옆에 앉아 이렇게 말씀하셨다.

"네가 여행할 수 있을 만큼 몸이 좋아지면 같이 집에 가자꾸나, 래티머. 여행길은 너한테도 즐겁고 도움이 될 거다. 티롤과 오스트리아를 지나갈 테니 새로운 장소를 많이 보게 되겠지. 우리 이웃인 필모어 가족도 올 거야. 앨프리드가 바젤에서 합류하면 다 같이 빈에 갔다가 다시 프라하로……."

아버지는 말을 마치지 못한 채 누군가에게 불려 갔다. 남겨진 내 정신은 *프라하*라는 단어에 머물러 있었는데 불현듯 내 머릿속에서 새롭고 경이로운 장면이 펼쳐졌다. 어느 도시와 그 위로 내리쬐는 햇살, 먼 옛날 여름 해가 내려오다 막혀 밤이슬이나 몰려오는 비구름 한번 받지 못하고 묵은 것만 같은 햇살. 퇴위하고 노쇠해 금실 짜 넣은 왕족의 누더기를 걸치고 있는 왕들처럼, 진부하게 반복되는 추억 속에서 삶을 이어 갈 운명인 사람들의 세월에 갉아 먹힌 먼지투성이 낡은 영광을 시들게 하는 햇살. 도시는 넓은 강이 금속판으로 보일 만큼 갈증에 허덕이는 듯했다. 끝없이 이어지는 다리를 따라 그 공허한 시선 아래를 지나는 내게는 고대의 의복을 걸치고 성스러운 왕관을 쓴 시커

메진 조각상들이 이 장소의 진짜 주민이자 주인으로 보였다. 그에 반해 이리저리 분주하게 움직이는 남녀들은 그날 하루 도시에 우글거리는 하찮은 관광객 무리였다. 이런 음울한 돌 인간들이야말로 내 앞의 비탈을 메운 세월에 닳고 그을린 처소에 사는 빛바랜 옛 아이들의 아버지리라 생각했다. 고지에 단조롭게 뻗친 궁전의 닳아 뭉그러지는 허식으로 경의를 표하는 이들. 교회의 숨 막히는 공기 속에서 두려움이나 희망에 이끌려서가 아니라 밤의 휴식도 아침의 신생도 없이 끝나지 않는 한낮에 살기에 영원히 늙은 채 죽지 않고 경직된 습관에 따라 삶을 이어가야 한다는 운명에 떠밀려 고단하게 예배를 올리는 이들.

그 순간, 나는 쇠붙이 부딪히는 기겁할 소리에 돌연 전율했다. 그러자 방 안의 물건들이 다시 인식되었다. 수면제를 가지고 방으로 들어오려던 피에르가 문을 연 순간 부지깽이 하나가 쓰러진 것이었다. 심장이 광포하게 뛰었고, 나는 수면제는 곧바로 마실 테니 옆에 두고 나가라고 피에르에게 부탁했다.

다시 혼자가 된 나는 내가 잠이 들었던 건가 자문했다. 꿈이었을까. 색 입힌 별 모양 램프를 통해 보도에 전해진 한 조각 무지개 빛까지 또렷하게 보일 만큼 상세했던, 내 상상에는 낯설기 그지없던 기이한 도시의 경이로우리만치 또렷한 환영이? 프라하라면 그림으로도 본 적이 없었다. 내 머릿속에서는 어렴풋이 기억나는 역사적 연관성, 제국의 영광과 종교 전쟁의 흐리터분한 추억과 함께 그저 이름으로만 존재하는 곳이었다.

이런 꿈은 한 번도 꾼 적이 없었다. 내 꿈은 악몽의 빈번한 폭거마저 없으면 한낱 평범한 횡설수설일 뿐이라 창피할 정도였다. 그러나 내가 자고 있었다고는 도무지 믿기지 않았다. 디졸빙 뷰*에서 새로 나타나는 그림, 또는 아침 안개의 장막을 태양이 걷어 올림에 따라 조금씩 또렷해지는 풍경처럼 환영이 내게 점차로 침투한 기억이 또렷했다. 게다가 환영이 막 시작되었을 때 피에르가 와서 아버지에게 필모어 씨가 기다린다는 말을 전했고 아버지가 서둘러 방을 나간 것도 또렷이 기억났다. 그래, 꿈이 아니었다. 그렇다면 이

---

* 환등기로 이미지를 보여주는 공연 중에서도 그림들이 점진적으로 전환되도록 영사한 쇼. 사진 기술이 발달한 19세기 초반부터 중반 사이에 인기를 끌었다. 오늘날 영상의 디졸브 효과와 비슷해 보였을 것이다.

것은, 이렇게 생각하니 떨리는 환희가 차올랐는데, 내가 지닌 시인의 천성, 지금껏 괴로워하며 뭔가를 간구하는 감수성에 불과했던 그것이 돌연 자연스러운 창조로 나타난 것이었을까? 호메로스가 트로이의 평원을 본 것도, 단테가 망자의 거처를 본 것도, 밀턴이 지구로 도망치는 유혹자를 본 것도 분명 이런 식이었으리라. 병으로 신경이 더 팽팽해지고 둔탁한 방해물이 제거되어 내 정신 구조에 행복한 변화가 생긴 것이었을까? 이런 효과라면 글에서, 적어도 소설 작품에서는 자주 읽었다. 아니, 일부 질병이 정신의 능력을 정묘하게 다듬거나 고양하는 효과가 있다는 말은 전기에 담긴 실화에서도 읽은 적 있었다. 노발리스*도 폐결핵이 진행되는 가운데 영감이 강렬해지는 것을 느꼈다지 않은가?

이렇듯 지극히 행복한 생각에 정신이 얼마간 머무르자, 그게 정말 사실일까를 내 의지로 시험해봐도 좋을 것 같다는 생각이 들었다. 환영은 아버지가 같이 프라하에 가자는 이야기를 꺼냈을 때 시작되었다. 그

---

* 18세기 독일 시인 프리드리히 폰 하르덴베르크의 필명.

환영 속의 도시가 프라하의 실제 모습일 거라고는 한 순간도 믿지 않았다. 새로이 해방된 천재성이 게으른 기억에서 낚아챈 색채들로 서둘러 맹렬히 그려낸 그림이라고 믿었을 뿐이다. 그러기를 바랐다. 그렇다면 다른 장소에 정신을 집중해보자. 이를테면 내가 떠올리기에 프라하보다 훨씬 친숙한 베네치아 같은 곳. 비슷한 결과가 나올지도 모른다. 나는 베네치아 생각에 몰두했다. 시적인 기억으로 상상을 자극했고, 프라하에 있다고 느꼈던 것과 마찬가지로 지금 베네치아에 있다고 느끼려 애썼다. 그러나 허사였다. 나는 옛 고향 집 침실에 걸려 있는 카날레토*의 판화에 색을 입히고 있을 뿐이었다. 그림은 자꾸 변했고 내 정신은 더 생생한 상을 찾아 머뭇머뭇 배회했다. 필요조건을 갖춘 뒤의 의식적 노력 없이는 어떤 형태나 그림자도 우연히 나타나지 않았다. 범속하게 용만 쓸 뿐, 반 시간 전에 경험했던 것처럼 무아지경에서 저절로 일어나는 일은 없었다. 나는 의욕이 꺾였지만 영감은 변덕스럽다는 것을 명심했다.

---

* 18세기 이탈리아 화가. 베네치아의 도시 풍경을 즐겨 묘사했다.

나는 새로운 재능이 다시 발현하기를 기다리며 며칠간 들뜬 기대에 젖어 있었다. 내 잠자는 천재성을 전율로 다시 깨워줄 사물을 찾아 내 지식 세계 구석구석으로 생각을 파견했다. 하지만 허사였다. 내 세계는 변함없이 침침했고, 순간 번쩍였던 기이한 빛이 돌아올 기미는 보이지 않았다. 그럼에도 나는 두근거리는 가슴으로 간절히 기다렸다.

아버지는 매일 마실 나갈 때 나를 데려갔고 내게 걷는 힘이 붙을수록 산책 시간을 점차 늘렸다. 어느 날 저녁, 아버지는 다음 날 12시에 데리러 올 테니 제네바에 온 부유한 영국인이라면 응당 사 가야 마땅한 뮤직박스와 다른 물건들을 같이 보러 가자고 했다. 아버지는 평범한 사람들과는 비할 수도 없고 은행가치고도 유달리 시간 관념이 철저한 사람이었기에 아버지를 만날 때면 나는 정해진 시간에 맞춰 준비하고 있으려고 초조하게 조바심을 냈다. 그런데 놀랍게도 12시 15분이 되도록 아버지가 오지 않았다. 특별히 할 일이 없는 요양 환자이자, 곧 활동을 시작하면 자극이 사라지리라 생각하며 방금 강장제를 먹은 사람인 나로서는 안달이 났다.

가만히 앉아 힘을 비축하고 있을 수가 없었던 나는 방 안을 서성이며 검푸른 호수를 막 떠나는 론강의 물살을 내다봤다. 하지만 그러면서도 내내 머릿속으로는 아버지가 늦을 만한 이유를 생각하고 있었다.

어느 순간, 아버지가 방 안에 있으며 다른 사람도 또 있다는 것을 의식했다. 두 사람이 더 있었다. 이상하지 않은가! 발소리도 듣지 못했고 문 열리는 것도 보지 못했는데. 그러나 내게는 아버지가 보였고, 그 오른쪽에는 못 본 지 5년이 지났는데도 기억이 선명한 이웃 필모어 부인이 있었다. 필모어 부인은 비단과 캐시미어를 걸친 평범한 중년 여성이었다. 그러나 아버지 왼쪽에 있는 숙녀는 기껏해야 스무 살쯤으로 보였고 큰 키에 늘씬하고 호리호리한 체형이었다. 풍성한 금발은 꼼꼼히 땋아 올렸는데, 그 아래의 가냘픈 체구와 이목구비가 자그마하고 입술이 얇은 얼굴에 비하면 땋아 올린 머리는 지나치게 커 보였다. 얼굴에 소녀다운 기색이라고는 전혀 없었다. 이목구비는 날카로웠고 엷은 회색 눈은 예리하고 불안정하고 냉소적이었다. 미소를 지으려다 만 듯한 두 눈이 호기심을 보이며 내게 고정되자 날 선 바람에 베인 듯 쓰라린 감각이 느껴졌다. 엷은 초록빛 드레스와 그녀의 엷은 금발과 경계를 이뤄 울타리를 친 듯 보이는 초록 잎사귀들은, 내 머릿속이 온통 독일 서정시 생각이었던 고로 물의 요정 닉시를 연상시켰다. 엷은 빛깔의 치명적인 눈을 하고 초록 물풀을 두른 이 여자가 수초 무성한 차가운 시내에서 태어난 늙은 강의 딸처럼 보였다.

"그래, 래티머, 오래 기다렸지." 아버지가 말했다…….

그러나 마지막 단어가 내 귓가에서 아직 사라지지 않았을 때 사람들이 모두 사라졌고, 문 앞에 서 있는 중국 그림 병풍과 나 사이에는 아무것도 없었다. 몸이 차갑게 식으며 떨렸다. 나는 비틀거리며 앞으로 걸어가 소파에 몸을 던졌다. 새로 생긴 기이한 능력이 다시 나타난 것이었다……. 그러나 이것이 *정녕* 능력인가? 오히려 모종의 병, 뇌의 힘을 건강치 못한 활동의 순간에 다 쏟아부어 정신 온전한 시간을 더 황량하게 하는 간헐적 섬망 같은 것 아닌가? 눈길이 머문 대상에서 비현실의 아찔한 감각이 느껴졌다. 나는 악몽에서 벗어나려 애쓰는 사람처럼 와락 종을 붙들고 두 번 울렸다. 피에르가 놀란 얼굴로 왔다.

"무슈 느 스 트루브 파 비앵?"[*] 피에르가 걱정스레 물었다.

"기다리다 지쳐서 그래, 피에르." 나는 와인을 마셨으면서도 취하지 않은 척 보이려는 사람처럼 최대한 또렷하고 힘 있게 말했다. "아버지한테 무슨 일이 생긴 게 아닐까 싶은데. 원래 시간을 칼같이 지키시잖아. 베르그 호텔로 가서 아버지가 계신지 봐줘."

피에르는 달래듯 "비앵, 무슈"[**]라 말하고 곧바로 방에서 나갔다. 명료하고 익숙한 상황을 보니 기분이 나아졌다. 마음을 더 진정하고자 응접실과 붙은 침실로 들어가 오드콜로뉴 상자를 열었다. 병을 꺼내고 아주 깔끔하게 코르크를 뽑는 과정을 거쳐 활력을 되살려주는 그 알코올을 손과 이마와 콧구멍 아래에 문질렀다. 기이하고 갑작스러운 광기에 의해서가 아니라 천천히 세심하게 몸을 움직여 향을 맡으니 새로운 기쁨이 느껴졌다. 천성이 소박한 인간 조건과 맞지 않는 이가 운명적으로 느끼고 마는 공포의 어떤 맛을 나는 이미 느끼고 있었다.

---

[*] 프랑스어, "도련님, 몸이 안 좋으신가요?"
[**] 프랑스어, "알겠습니다, 도련님."

계속 향기를 음미하며 돌아간 응접실은 내가 나갔을 때와 달리 비어 있지 않았다. 중국 병풍 앞에 아버지가 서 있었고, 아버지의 오른쪽에는 필모어 부인이, 왼쪽에는…… 늘씬한 금발 여자가 있었다. 그녀는 미소를 지으려다 만 듯한 표정으로, 호기심을 품은 매서운 얼굴과 매서운 눈을 내게 고정하고 있었다.

"그래, 래티머, 오래 기다렸지." 아버지가 말했다…….

더 이상 아무것도 들리지 않고 아무것도 느껴지지 않았다. 그러다 내가 머리를 파묻은 채 소파에 누워 있다는 의식이 들었다. 곁에 피에르와 아버지가 있었다. 내가 의식을 완전히 되찾자 아버지는 방에서 나갔고 금방 돌아와 말했다.

"숙녀분들에게 네 상태를 전하러 갔다 왔다, 래티머. 옆방에서 기다리고 있었거든. 오늘 쇼핑을 가기로 했던 건 다음으로 미루는 게 좋겠구나."

곧이어 아버지가 말했다. "저 아가씨는 버사 그랜트야. 필모어 부인의 조카인데 부모를 여의고 필모어네 양녀로 들어왔지. 그 집에 같이 살고 있으니 고향에 돌아가면 이웃으로 지내게 될 거다. 가까운 친족이 될 수도 있어. 버사 양과 앨프리드 사이에 애정이 오가고 있거든. 서로 짝이 될 수 있지 않을까 싶은데 나로서도 기쁜 일이야. 필모어 씨는 친딸 위하듯 버사 양을 물심양면 지원할 생각이니까. 그런데 버사 양이 필모어 씨 가족과 같이 산다는 걸 네가 전혀 모른다는 생각을 내가 미처 못 했더구나."

내가 그녀를 보는 순간 기절했다는 사실을 아버지는 더 들먹이지 않았고 나는 무슨 일이 있어도 아버지에게 이유를 말하지 않을 셈이었다. 한심한 기벽으로 비칠지도 모르는 그런 일을 누구에게도 밝히고 싶지 않았거니와 아버지 앞에서 드러내기는 무엇보다 싫었다. 그랬으면 아버지는 내가 제정신인지를 그후 평생 의심했으리라.

내 경험의 세세한 부분을 시시콜콜 곱씹으려는 것은 아니다. 이 두 사례를 길게 서술한 것은 그 사건들이 기원을 분명하게 추적할 수 있는 확실한 형태로 훗날의 내 운명에 영향을 미쳤기 때문이다.

마지막 발현 후 얼마 안 되어, 바로 다음 날이었던가, 나는 내 비정상적인 감수성의 일면을 알아차리기 시작했다. 건강이 안 좋아진 후로 나는 다른 사람을 만나는 게 내키지 않았고 그래서 타인과의 교류가 드물었는데, 그로 인해 그때까지는 내게 그런 비정상적인 감각이 있다는 것을 알지 못했다. 그것은 어쩌다 만나는 이 사람 저 사람의 정신에서 일어나는 과정이 내 머릿속을 비집고 들어오는 것이었다. 재미없는 지인, 예를 들어 필모어 부인 같은 사람들의 경박한 생각과 감정이 형편없이 연주되는 성가신 악기 소리나 갇힌 벌레의 요란한 움직임처럼 내 의식에 꾸역꾸역 들이닥쳤다. 그러나 이 불쾌한 감수성은 변덕스러웠고, 같이 있는 사람들의 영혼이 다시 차단되면 나는 겨우 한숨을 돌릴 수 있었다. 그러면 긴장해 지친 사람이 적막 속에서 느끼는 것과 같은 안도감이 들었다. 이런 성가신 통찰은 상상력이 병든 탓이라고 치부할 수도 있었지만, 내가 예견한 말과 행동이 헤아릴 수 없이 많았으므로 이 통찰은 타인의 머릿속에서 일어나는 정신 작용과 확고히 연관되어 있는 것이 맞았다. 이 덧붙여진 의식은 그저 그런 사람들의 시시한 경험을 내게 강권할 때도 피곤하고 성가셨지만 나와 가까운 관계인 이들의 영혼을 내게 열어 보이는 듯할 때면 격렬한 고통과 비탄이 되었다. 그럴 때면 그들의 성격이라는 거미줄을 엮어냈던 이성적인 대화와 우아한 관심과 재치 있는 말과 친절한 행동이, 그 모든 어중간한 경박함과 그 모든 억눌린 자기중심주의, 그 모든 치기와 비열과 어렴풋하고 변덕스러운 기억과 나태한 미봉의 생각이 현미경으로 본 것처럼 드러나면서 산산이 조각나는 듯 보였다. 그런 바탕에서 나오는 인간의 말과 행위란 삭아드는 거름 더미를 덮은 잔잎사귀와 같다.

바젤에서 형 앨프리드가 우리와 합류했다. 잘생기고 자신감 넘치는 스물여섯 살 청년이 된 형은 유약하고 불안하고 무용한 나와는 정반대였다. 나는 남들에게 여성스러우면서도 유령 같은 아름다움을 지닌 이로 보였던 것 같다. 제네바에서는 잡초처럼 무성한 초상화 화가들이 내게 그림 모델이 되어달라는 부탁을 자주 해서 상상화 속 죽어가는 음유 시인의 모델이 되어주곤 했으니. 그러나 나는 내 몸을 철저히 혐오했다. 이 몸을 받아들이게 하는 것은 그것이 시인의 천재성으로 인한 상태라는 믿음뿐이었다. 그 찰나의 희망은 완전히 날아갔고, 이제 내 얼굴에서는 수동적으로 고통을 겪도록 틀 잡힌, 시를 짓는다는 숭고한 저항을 해내기에는 너무 허약한, 병적인 정신 구조의 표식밖에 보이지 않았다. 거의 항상 떨어져 지냈기에 이제 나와 앨프리드는 성격으로나 외모로나 생판 남과 다를 바 없었다. 하지만 앨프리드는 나를 끔찍이도 친근하게, 형답게 대하겠노라 작심하고 있었다. 원체 경쟁을 겁내지 않는 성격인데다 반대에 부딪힌 적도 없어 한껏 자아도취에 빠진 채 쾌활했던 그는 친절을 가장했다. 우리의 욕망이 충돌하지 않았다면, 또 내가 충분히 자신감을 갖고 상황을 너그러이 해석할 수 있을 만큼 건전한 상태였다면 나도 선한 기질을 갖고 있어서 형을 시기하지 않았을지는 잘 모르겠다. 타고난 천성을 보았을 때 틀림없이 우리 사이에는 늘 반감이 있었을 것이다. 그래서인지 나는 몇 주 만에 그를 격렬하게 증오하게 되었다. 형이 방에 들어올 때, 더욱이 말까지 할 때면 철창에 이가 갈리는 느낌이었다. 내 병든 의식을 채우는 형의 생각과 감정은 걸리적거렸던 그 어떤 사람의 것보다도 강렬하고 부단했다. 소소하게 튀어나오는 그 거만과 후견인 행세를 즐기는 모습에, 버사 그랜트의 마음이 자신을 향해 있다는 그 자아도취적 믿음에, 나를 향한 동정 섞인 경멸에 나는 분통이 터지지 않을 때가 없었다. 그 경멸은 예리하고 의심 많은 정신이 경계하는 어조와 표현과 은근한 행동으로 평범하게 나타나지 않고 거죽 없이 헐벗은 복잡함으로 드러났다.

형이 인지하지 못했다 해도 우리는 경쟁자였고 우리 욕망은 충돌했다. 내가 왜 버사 그랜트에게 끌리게 되었는지에 대해서는 아직 말하지 않았다. 그것은 모든 사람을 꿰뚫어 보는 내 불행한 재능이 버사에게만은 통하지 않기 때문이었다. 버사에 관해서라면 나는 언제나 불확실한 상태였다. 그래서 그녀의 표정을 보고 그 의미를 추측할 수 있었고, 그녀의 의견을 물을 때는 모르기에 진정으로 궁금해할 수 있었다. 그녀의 말을 듣고는 희망과 두려움을 안고 그녀의 미소를 기다릴 수 있었다. 내게 그녀는 흐트러진 운명처럼 매혹적이었다. 이 사실이 그녀가 내게 강력한 효과를 일으킨 주된 요인이었다고 하겠다. 막연히 생각하기에, 한껏 움츠러들어 감상과 정념에 젖어 있는 청년에게 정을 주지 않기로는 버사를 따라올 여자가 없을 것 같았다. 버사는 예리하고 빈정대고 상상력 없고 섣불리 냉소적인 태도를 띠었으며 더없이 감동적인 풍경에도 꿈쩍하지 않고 비판적이었던 데다 내가 아끼는 시를

낱낱이 해부하려 했다. 특히 내가 당시에 늘 끼고 다니던 독일 서정시를 경멸했다. 지금까지도 버사를 향한 내 감정을 규정하지 못하겠다. 소년의 평범한 경애는 아니었다. 버사는 머리카락 색마저도 내가 사랑스러움의 전형으로 생각하던 이상형의 정반대였다. 또한 그녀에게 가장 강력하게 지배당하던 때에도 내가 인간 성품의 지고한 요소라 단언했을 위대함과 선에도 그녀는 열정을 느끼지 않았다. 그러나 자기중심적이고 부정적인 천성이 공감과 응원을 끊임없이 갈망하는 병적이고 예민한 천성에 휘두르는 것보다 완전한 폭압은 없다. 더없이 자율적인 이들도 누가 침묵하면 그가 내놓는 의견의 가치가 높아진다고 느끼며, 꼬투리 잡고 비꼬는 것이 습관인 비평가를 정복해 숭배를 받아내는 데서 승리감을 추가로 느낀다. 그렇다면 열정 가득하고 자기를 불신하는 청년이 조소하는 여자의 얼굴에 감춰진 비밀 앞에서 그 얼굴이 자신의 운명을 지배하지만 자애롭지는 않을 듯한 신의 사당이라도 되는 양 가만히 기다리는 것도 이상하지 않다. 청년 열정가는 자신의 정신을 휘젓는 감정들이 타인의 정신에 아예 부재하다는 것을 상상하지 못한다. 청년이 생각하기에 그 감정들은 미약하게 숨어서 잠들어 있을지언정 타인의 정신에도 존재하며, 잘하면 불러일으킬 수도 있는 것이다. 이따금 행복한 환각에 빠져 있는 순간에는 그 감정들이 겉으로 아무 조짐을 보이지 않는 만큼 오히려 더 강력하게 존재하리라 믿기도 한다. 이러한 효과가 앞서 말했다시피 내 안에서 최고로 강렬하게 고조된 것은 영혼이 수수께끼처럼 은둔해 있어 이런 청춘의 망상을 가능하게 한 유일한 존재가 버사였기 때문이다. 물론 다른 매혹도 작용한 것은 분명하다. 우리 정신의 예견을 속여, 요정 같은 여자를 꿈꾸는 남자로 하여금 인품은 좋으나 뚱뚱하고 주근깨투성이인 여자에게 빠지게 하는 그 미묘한 육체적 이끌림 말이다.

나를 대하는 버사의 행동은 내 환상을 부추기고 소년의 정념을 고조시켰으며, 내가 자신의 미소에 점점 더 집착하게 했다. 지금 아는 참담한 사실과 더불어 돌이켜보면, 내가 그녀를 처음 본 순간 그녀의 자태가 일으킨 강렬한 감동만으로 기절했다는 생각에 허영과 권력을 사랑하는 버사가 몹시 흡족했으리라고 판단된다. 진정 범속한 여자는 자신이 광포한 시적 정념의 대상이라 믿기를 좋아하는 법이다. 버사는 내면에 낭만은 한 톨도 없으면서도 결혼할 남자의 동생이 자기를 사랑하고 질투해 죽을 지경이라는 생각에 짜릿해할 계교의 정신은 품고 있었다. 당시의 나는 버사가 형과 결혼하려 한다는 것을 믿지 않았다. 형이 버사에게 끈덕진 관심을 보였고 형과 아버지 모두 결혼으로 마음을 정했다는 것은 잘 알았지만, 아직 약혼하기로 합의한 것은 아니었으니까. 아무튼 명확히 선언한 적은 없었다. 게다가 버사는 형과 시시덕거리고 형의 의도를 잘 알고 있음을 암시하며 형이 표하는 경애를 받아들이는 동시에 더없이 미묘한 표정과 말, 결코 자기에게 불리하게 인용될 수 없는 여성스러운 소소함으로 형은 사실 은밀한 조롱의 대상일 뿐이고 본인은 나와 마찬가지로 형이 제멋에 취한 인간이라 생각하며 그런 형을 실망시키는 데서 기쁨을 얻을 것이라는 믿음을 내게 상습적으로 심었다. 그녀는 내가 너무 어리고 병약해서 연인으로 볼 일은 영영 없다는 듯 형 앞에서 나를 공공연히 쓰다듬었다. 형도 나를 그렇게 봤다. 그러나 내 생각에 버사는 내가 드는 인용구를 비웃으면서도 내 곱슬머리를 토닥이는 식으로 나를 구슬려 전율하게 하며 내심 즐거워하는 것이 틀림없었다. 그렇게 어루만지는 손길은 늘 다른 사람들이 보는 앞에서 주어졌다. 단둘이 있을 때면 버사는 내게서 훨씬 멀리 거리를 뒀고, 간간이 기회를 봐서 말이나 은근한 행동으로 자신이 진짜 좋아하는 사람은 나라는 내 어리석고 소심한 희망을 자극했다. 버사가 자기 마음을 따르지 못할 이유가 무엇이란 말인가? 형만큼 그녀에게 이득이 되는 위치에 있는 것은 아니었으나 나도 재산이 있었으며 나이 또한 그녀보다 어리지 않았다. 상속녀 버사는 조만간 스스로 의사 결정을 할 수 있는 나이가 될 것이었다.

이렇듯 희망과 두려움이 하나의 통로에 갇혀 널뛰니 버사 앞에서 보내는 하루하루는 감미로운 고통이었다. 버사가 의도적으로 했던 행동 중 특히나 나를 흥분시켰던 일이 있었다. 우리가 빈에 있는 동안 버사는 스무 번째 생일을 맞았고, 버사가 장신구를 매우 좋아했기에 우리는 그 게르만풍 파리*에 있는 호화로운 보석상에서 다들 장신구를 사 버사에게 선물했다.

* 빈을 가리킨다.

내 선물은 그때 그녀가 받은 것들 중 가장 값이 싼 축이었는데, 바로 오팔 반지였다. 오팔은 내가 제일 좋아하는 보석이었다. 영혼을 지닌 듯 홍조를 띠었다가 창백해지는 것처럼 보이니까. 나는 반지를 버사에게 건네며 그렇게 말해줬다. 이 보석이 하늘의 빛과 여성의 눈빛이 변할 때 덩달아 변하는 시인의 천성을 상징한다고도 했다. 그날 저녁 세련되게 빼입고 등장한 버사는 자신이 받은 생일 선물들을 내가 준 것만 빼고 모두 보란 듯이 걸치고 있었다. 버사의 손가락을 유심히 봤지만 오팔은 없었다. 저녁 동안에는 그 사실을 버사에게 확인할 틈이 없었다. 대신 다음 날, 아침식사를 마치고 창가에 홀로 앉아 있는 버사를 발견하고 말했다. "내 초라한 오팔 반지를 끼는 게 당신에겐 수치군요. 당신이 시인의 천성을 경멸한다는 걸 기억하고, 산호석이나 터키석처럼 투명하지 않고 감응하지도 않는 보석을 줄 걸 그랬어요." "내가 그걸 경멸한다고요?" 버사는 이렇게 반문하며, 자신이 늘 걸고 다니는 섬세한 금목걸이 줄을 잡아 가슴팍에서 꺼냈다. 그 목걸이 끝에는 내가 준 반지가 걸려 있었다. "정말이지, 나도 힘들었어요." 버사가 여느 때처럼 애매한 미소를 지으며 말했다. "이렇게 은밀한 곳에 반지를 걸고 있었으니까요. 그런데 당신이 말하는 시인의 천성이란 게 남들 앞에 훤히 보이는 편을 좋아할 만큼 멍청하다니 이 고통을 더 감내하진 않겠어요."

버사는 얼굴에서 미소를 거두지 않은 채로 목걸이에서 반지를 빼내어 손가락에 끼웠고, 나는 뺨으로 피가 쏠렸다. 버사더러 반지를 원래 위치에 둬달라고 애원할 자신감이 내게는 없었다.

나는 이 일로 완전히 얼이 빠졌고, 버사가 집을 비울 때마다 그 장면과 의미를 생각하며 새삼 도취할 수 있게 무조건 내 방에 틀어박혀 있는 시간이 이틀간 이어졌다.

그후 두 달은 기쁨과 고통의 강도가 최고조에 달해 내게는 그 시간이 너무나도 길게 느껴졌고, 타인의 의식에 들어가는 병은 나를 계속 괴롭혔다. 처음에는 아버지, 다음은 형, 또 다음은 필모어 부인과 그녀의 남편, 그러다 나중에는 독일인 여행 안내인까지, 그들의 생각 흐름은 내 충동과 생각의 길을 끊지는 않으면서도 귓가에서 사라지지 않는 이명처럼 내게 들이닥쳤다. 마치 청각이 초자연적으로 고조되어 남들은 완벽

히 고요하다고 느끼는 곳에서 포효를 듣게 된 것만 같
았다. 이렇게 타인의 영혼에 나도 모르게 침투할 때의
피로감과 구역감을 중화하는 것은 내가 버사를 전혀
모르며 그녀를 향한 정념이 커지고 있다는 사실뿐이
었다. 그녀에 대해서만은 아무것도 모른다는 것이 나
의 정념을 자극하고, 어쩌면 만들어냈다고까지 할 수
있다. 내게 버사는 앎이라는 삭막한 사막에서 만난 수
수께끼라는 오아시스였다. 나는 내 병든 상태가 드러
나거나 그 때문에 평소와 다른 말과 행동이 튀어나오
게 하지 않았으나 딱 한 번 예외가 있었다. 이상하게
형이 유독 원망스러웠던 어느 순간, 형이 내뱉을 것을
알았던 말, 그가 미리 준비해놓은 어떤 기발한 의견에
선수를 쳤던 것이다. 형은 이따금 짐짓 말을 망설였는
데, 형이 두 번째 단어까지만 말하고 순간 말을 멈췄
을 때 조급함과 질투에 떠밀린 내가 우리 둘 다 그 말
을 암기하고 있던 것처럼 형의 말을 대신 잇고 말았
다. 형은 놀라면서도 짜증스럽다는 듯 얼굴을 붉혔다.
나는 말이 내 입술을 벗어나자마자, 예측하기 쉬운 당
연한 말과는 거리가 한참 멀었던 말을 그렇게 예상한
탓에 내가 남다른 존재임이 드러날까 봐, 그러니까 조

용한 빙의자처럼 보일까 봐 덜컥 불안해졌다. 그런 존재는 모두가, 누구보다 버사가 진저리를 내며 기피할 터였다. 그러나 늘 그렇듯 나는 내 말이나 행동이 타인에게 남길 인상을 과장해 생각한 것이었다. 내가 갑자기 형의 말에 끼어든 것은 내 몸 상태가 허약하고 예민해서일 뿐 용납할 수 없는 무례를 저지른 것은 아니라고 다들 생각하는 듯했다.

실제 의식 위에 덧붙여진 또 다른 의식은 사라지지 않았다. 하지만 버사를 처음 만났을 때 나타났던 그 또렷한 선견은 두 번 다시 내 눈앞에 펼쳐지지 않았다. 나는 프라하의 환영이 같은 유의 사례로 밝혀질지 알게 되기를 간절히 궁금해하며 기다렸다. 오팔 반지 일이 있고 며칠 뒤 우리는 자주 방문하던 리히텐베르크 궁*에 갔다. 나는 그림을 연달아 볼 수가 없다. 그림이 내게 너무나 강력한 기운을 뿜어내서 한두 점 보는 것만으로도 다른 그림을 볼 여력이 없어졌다. 그날 오전에는 루크레치아 보르자*를 닮았다고 하

* 빈에 있는 리히텐슈타인 궁의 오기로 보인다.
* 『군주론』의 모델로 알려진 체사레 보르자의 동생. 회화 등에서 종종 치명적인 매력을 지닌 악녀로 묘사되었다.

는 잔혹한 눈빛의 여성을 그린 조르조네[*] 작품을 보고 있었다. 그 간교하고 가차 없는 얼굴의 지독한 현실성에 매료되어 그림 앞에 한참을 홀로 서 있다 보니 어느 순간 기이하고 독한 감각이 느껴졌다. 치명적인 냄새를 한참 들이마시다가 그 효과를 막 의식하게 된 것 같았다. 일행이 내게 와서, 어느 초상화를 놓고 형과 필모어 씨 사이에 벌어진 내기의 결판을 내러 벨베데레 갤러리로 갈 참이라고 알리지 않았으면 나는 그러고도 자리를 뜨지 않았을지 모른다. 나는 몽롱하게 일행의 뒤를 따랐고, 무슨 일이 일어나는지 내가 의식하지 못하고 있는 동안 일행은 나를 아래에 남겨두고 갤러리로 올라갔다. 나는 그날 그림을 더 보지 않겠다고 했다. 일행은 논쟁에 담판을 짓고 나면 정원을 거닐자고 했으므로 내가 향한 곳은 대테라스였다. 잘 가꿔놓은 정원과 멀찍이 보이는 도시, 초록 언덕을 어렴풋이 의식하며 그곳에 잠시 앉아 있다가 경비들과 가까이 있고 싶지 않아 몸을 일으켜 널찍한 돌계단을 걸어 내려갔다. 정원으로 더 깊숙이 들어가 앉을 요량이

---

[*] 15~16세기 이탈리아 화가. 베네치아 르네상스 회화를 대표하는 인물이다.

었다. 그런데 자갈 산책로에 다다랐을 때, 내 팔 안으로 미끄러져 들어오는 팔 한쪽과 내 손목을 부드럽게 누르는 가벼운 손길이 느껴졌다. 바로 그 순간 루크레치아 보르자의 시선에서 느꼈던 그 감각이 지속되거나 절정에 이른 것처럼, 도취될 듯한 기이한 마비감이 나를 덮쳤다. 정원과 여름 하늘, 버사가 나와 팔짱을 끼고 있다는 감각이 사라지자 돌연 암흑이 닥쳤다. 그 속에서 차차 어둑한 난로 불빛이 비치고 내가 집 서재에서 아버지의 가죽 의자에 앉아 있는 느낌이 들었다. 저 벽난로라면 안다. 장작 없는 받침대, 죽어가는 클레오파트라를 묘사한 하얀 대리석 원반이 중앙에 있는 검은 대리석 전면 장식. 강렬하고도 절망적인 비참이 내 영혼을 짓눌렀다. 버사가 초를 들고 들어오니 점점 주위가 밝아졌다. 내 아내 버사, 잔혹한 눈을 하고 하얀 볼드레스에 초록 보석과 초록 잎을 달고 있다. 그녀가 품은 가증스러운 생각들이 전부 내 앞에 나타난다…… '이 미치광이, 멍청이! 차라리 스스로 목숨을 끊지 그래?' 지옥에 떨어진 듯한 느낌이었다. 나는 그녀의 무정한 영혼을 들여다보고 말았다. 그 황량한 속됨을, 모든 것을 시들게 하는 증오를 보았다.

그 영혼이 들이쉬지 않을 수 없는 공기처럼 나를 감싸는 것을 느꼈다. 초를 들고 온 버사는 경멸이 담긴 쓴 웃음을 띠고 나를 내려다보며 서 있었다. 버사의 가슴팍에 달린 커다란 에메랄드 브로치가, 다이아몬드 눈알이 박힌 뱀이 보였다. 몸서리가 쳐졌다. 영혼이 황량하고 생각이 비열한 이 여자를 나는 경멸했다. 그러나 그녀 앞에서 나는 완전히 무기력했다. 그녀가 내 피 흘리는 심장을 움켜쥐고 생명소를 마지막 한 방울까지 쥐어짜는 것만 같았다. 그 여자가 내 아내였고 우리는 서로를 증오했다. 벽난로와 어둑한 서재, 촛불 빛은 뒤에 깔린 빛에 녹아들듯 차츰 사라졌지만 다이아몬드 눈알이 달린 초록 뱀은 어두운 상으로 망막에 남아 있었다. 그러던 중 눈꺼풀이 떨리는 듯하더니 살아 있는 빛이 나를 덮쳤다. 정원이 보이고 목소리가 들렸다. 나는 벨베데레 테라스 계단에 앉아 있었고 일행이 나를 둘러싸고 있었다.

나는 이 섬뜩한 환영 때문에 정신이 혼미해져 며칠을 앓았고, 그 때문에 우리는 빈에 더 오래 머물러야 했다. 그 장면이 다시 떠오르면 나는 공포에 몸서리쳤는데, 기억이 단단히 아로새겨졌는지 세세한 부분까지 쉬지 않고 반복되었다. 그러나 눈앞의 욕망에 휘둘리는 인간 마음의 광기가 그렇듯, 나는 버사가 내 것이 되리라는 데 지옥도 불사할 격렬한 기쁨을 느꼈다. 버사가 내 앞에 처음 나타났을 때를 본 이전의 선견이 실현되었으므로 마지막으로 본 섬뜩한 미래가 내 정신이 벌인 병든 장난질에 불과하며 외부 현실과 무관하리란 희망은 그다지 품을 수 없었다. 내 지독한 확신에 의심을 드리울 방도로 유일하게 기대한 한 가지는 내가 본 프라하의 환영이 거짓임을 확인하는 것이었다. 프라하는 우리 여정의 다음 도시였다.

한편 나는 버사와 다시 같이 있게 되자마자 예전처럼 그녀에게 완전히 장악되었다. 만약 내가 성숙한 여인 버사, 그러니까 내 아내 버사의 마음을 들여다본 것이라면? *아가씨* 버사는 여전히 나에게 매혹적인 비밀이었다. 나는 그녀의 손길에 전율했다. 그녀의 존재가 부리는 마법이 느껴졌다. 그녀의 사랑을 확인하고 싶은 마음이 간절했다. 그런 갈망에 비해 독에 대한 두려움은 너무나도 미약했다. 아니, 형을 질투하는 것은 전과 마찬가지였고, 그가 나를 가르치려는 듯한 태도로 대하는 것도 심히 언짢았다. 내 자존심, 내 병든 감수성이 그대로 남아 티끌이 들어오면 움찔거리는 눈과 마찬가지로 공격받을 때마다 하릴없이 움찔거렸으니. 그 미래는 살 떨리는 환영으로 인해 감정으로 느낄 수 있는 범위에 들어왔을 때조차 지금 느끼는 감정, 버사를 향한 사랑과 형을 향한 혐오와 질투의 힘에 견주면 관념의 힘 이상은 아니었다.

오래된 이야기다. 먼 훗날에나 치를 대가에는 아랑곳없이 인간이 유혹자에게 자신을 팔아넘기고 피의 계약을 맺는 것. 인간의 주위에는 늘 어두운 그림자가 있기에, 그 계약을 맺고도 여전히 사나운 충동으로 영혼의 갈증을 채우고자 허겁지겁 악마의 잔을 들이키는 것.* 지혜에 이르는 지름길이란, 특허받은 전찻길이란 존재하지 않는다. 수세기에 걸친 발명과 발견이 있었음에도 영혼의 길은 가시 돋친 황야에 펼쳐져 있어 여전히 과거와 같이 혼자서, 피 흘리는 발로, 도와달라 흐느끼며 걸어야 한다.

나는 형에게 필적할 경쟁자가 될 방도를 머릿속으

---

* 파우스트 전설을 가리킨다. 조지 엘리엇은 괴테를 존경했고 그에게 많은 영향을 받았다. 1854년에는 괴테의 전기를 집필하던 평론가 조지 헨리 루이스의 독일 취재 여행에 동행했고, 여러 편지에서 괴테의 『파우스트』를 인용하기도 했다.

로 열심히 가늠했다. 버사의 실제 감정을 모르는데 마음을 공언해달라고 버사를 재촉하는 수를 과감히 시도하기에 나는 여전히 너무 소심했다. 이 일에 필요한 자신감은 프라하에 대한 환영이 진실로 증명되면 얻을 수 있으리라 생각했다. 하지만 확신에서 오는 그 공포라니! 내가 말과 표정을 기다리는 상대이자 그 손길이 지극한 행복인 이 늘씬한 아가씨 버사 뒤에는 형체가 더 온전하고 눈초리가 더 딱딱하며 입매가 더 고집스러운, 황량하고 이기적인 영혼의 소유자 버사가 항상 서 있었다. 그것은 이제 매혹적인 비밀이 아니라 굳이 보고 싶어 하지 않는데도 끊임없이 내 눈에 보이는 분명한 사실일 뿐이었다. 당신, 이 이야기를 읽는 당신은 내게 공감해줄 수 없겠는가? 평행한 두 시내처럼 결코 물이 섞여 같은 색조로 어우러지는 일 없이 흐르는 내 안의 이 이중 의식을 상상하지 못하겠는가? 그래도 정념과 불화하는 통찰로부터 솟는 예감에 관해서라면 분명 당신도 뭔가 알 것이다. 내 환영은 증폭되다 못해 공포가 된 예감 같은 것이었을 뿐이다. 충동의 위력 앞에서 관념이 얼마나 무력한지는 당신도 알 것이다. 또한 내 환영은 일단 기억의 일부가 되고 나면 단순한 관념에 지나지 않았다. 산 자와 사랑한 이에게 손이 붙들려 있는 내게 헛되이 손짓하는 창백한 그림자였다.

나중에 쓰라린 후회를 머금고 생각하니 내가 무언가 더 또는 무언가 다른 것을 예견했더라면, 파괴하지 못할 정념에 독만 타놓은 그 섬뜩한 환영 대신, 아니, 그 환영과 더불어서라도 형의 얼굴을 마지막으로 본 그 순간의 전조를 알 수 있었다면 형을 향한 감정이 얼마간 누그러지는 효과가 있었을 듯싶다. 분명 자존심과 증오는 가라앉아 연민으로 변했을 것이고 그 숨은 죄악의 기록은 짧아졌을 것이다. 그러나 이는 우리 인간이 스스로 치켜세울 때 하는 헛된 생각의 하나다. 우리는 우리 안의 자기중심주의가 쉽게 녹으리라고, 우리의 관용과 경외감, 인간적 독실함을 가둬 그런 것들이 동료 인간들의 감각과 감정에 대한 우리의 철저한 무관심을 덮지 못하게 하는 것은 우리 지식의 편협함뿐이라고 믿으려 한다. 우리의 다정과 희생이 강력해지는 것은 우리의 자기중심주의가 한풀 꺾였을 때, 다른 누군가의 패배가 될 승리를 위해 비열하게 분투하다가 덜컥 승리가 다가왔는데 그것이 죽음의 싸늘한 손이 내민 승리라서 몸서리칠 때인 듯하다.

우리가 프라하에 도착했을 때는 밤이었고 그래서 나는 좋았다. 덕분에 도시에 들어와서도 몇 시간은 보지 않고 있을 수 있어 지독한 단정의 순간을 미룰 수 있었기 때문이다. 우리는 프라하에 오래 머물지 않고 바로 드레스덴으로 갈 예정이었으므로 다음 날 아침에 출발해 특별히 흥미로운 장소들 몇 곳만 둘러보기로 했다. 8월에 접어들어 한창 덥고 건조할 때였으니 열기로 후덥지근해지기 전에 움직이려 했다. 그러나 숙녀들의 아침 몸치장이 다소 더뎌진 탓에 우리는 아침이 되고도 한참이 지나서야 마차에 오를 수 있었고, 아버지의 짜증은 본인이 예의상 억누르고 있어도 비어져나왔다. 오래된 회당에 가려고 유대인 구역에 진입한 순간 나는 우리가 이 판판하고 막힌 구획에 갇혀 있다가 너무 피곤하고 더워 어디로 더 가지 못하게 될 것이며 그래서 이미 지나온 거리 외에 다른 것을 보지 않고 돌아가리란 생각을 하며 안도감을 느꼈다. 그러면 유보된 긴장 속에 하루를 더 보낼 수 있었다. 유보된 긴장, 그것은 두려움에 찬 정신이 희망의 위안을 인식할 수 있는 유일한 형태다. 그러나 내가 신성한 촛대에 밝혀진 가느다란 초 일곱 개로 흐릿하게 보이는 그 오래된 회당의 검어진 궁륭 천장 아래에 서 있고 유대인 안내인이 율법서를 내려 그 내용을 고대어로 읽어주던 중 빛이 움츠러든 이 기이한 건물이, 다시 들어 잔존하는 중세 유대교의 유적이 내가 본 환영의 한 토막이라는 몸서리쳐지는 느낌이 들었다. 한층 우뚝한 아치와 한층 큰 촛불 곁에 있는 먼지 끼고 칙칙해진 그 경건한 성인들에게는 그들 자신보다 더 쪼그라든 죽은 목숨을 손가락질하며 경멸로 위안 삼는 것이 필요했다.

유대인 구역을 나서자, 내가 예상했던 대로 일행 중 연장자들은 호텔로 돌아가고 싶어 했다. 그러나 나는 앞서 그랬던 것처럼 그 말을 반기기는커녕 즉시 다리로 가서 연장하길 바랐던 유보된 긴장에 마침표를 찍고 싶다는 갑작스럽고 압도적인 충동을 느꼈다. 나는 마차에서 내려 혼자 걸어갈 테니 나 없이 먼저 돌아가라고 평소와 달리 단호하게 말했다. 아버지는 이 말도 내가 평소 하는 '시인의 헛소리'라 생각했는지 이 더위에 걸어가다간 몸이 상할 것이라며 반대했다. 하지만 내가 끈질기게 고집을 부리자 아버지는 그 터무니

없는 생각대로 해도 좋지만 슈미트(우리 안내인)가 같이 가야 한다고 화난 목소리로 말했다. 나는 알겠다고 하고 슈미트와 함께 다리로 출발했다. 그 다리로 이어지는 오래된 대문의 아치 아래를 통과하자마자 나는 전율에 사로잡혔고 한낮의 태양 아래에서 한기를 느꼈다. 그럼에도 계속 갔다. 무언가를 찾고 있었다. 내가 본 환영에서 유독 강렬하게 기억나는 작은 부분을. 그 무언가는 그곳에 있었다. 별 모양 램프를 통해 보도에 전해진 한 조각 무지개 빛이.

2

가을이 저물기 전, 우리 정원 너도밤나무에 갈색 잎이 여전히 소복할 때 형과 버사가 약혼했다. 결혼은 이듬해 초봄에 하기로 정해졌다. 프라하의 다리에서 느꼈던, 버사는 언젠가 내 아내가 되리라는 확신에도 불구하고 나는 체질적 소심함과 머뭇거림에 계속 마비되어 있었다. 내 사랑을 고백하고자 중간중간 생각해두었던 말들은 입 밖으로 나오지 못하고 서서히 잦아들었다. 내면에서도 전과 같은 갈등이 계속되었다. 버사의 입술이 사랑을 확인해주기를 갈망하면서도 멸시나 거부의 말이 부식성 산처럼 내게 떨어질까 봐 두려웠다. 멀게만 느껴지는 숙명을 확신한다는 것은 내게 무슨 의미였나? 나는 현재의 단 한 번 눈맞춤에 전율했고 현재의 기쁨에 굶주렸으며 현재의 두려움에 강박당하고 몸이 떨렸다. 그렇게 하루하루가 지나갔다. 불쾌한 자각몽을 꾸는 듯한 상태로 버사의 약혼을 지켜보고 오가는 혼담을 들었다. 이건 곧 사라질 꿈이라는 것을 알면서도 단단히 옥죄는 손아귀에 숨이 막히는 기분이었다.

버사가 계속 장난스레 깔보는 태도로 나를 대하니 형이 질투할 일도 없었으므로 나는 자주 그녀와 같이 있었다. 버사 앞에 있지 않을 때면 햇빛이 남아 있는 동안 산책하거나 오랜 시간 야외에서 시간을 보내며 주로 배회했으며, 아니면 읽지 않은 책들을 들고 혼자 처박혀 시간을 보냈다. 그러나 책은 내 주의력을 붙잡아두는 힘을 잃은 뒤였다. 나는 자의식이 한껏 고조되어 생각만 하면서도 괴로움을 느껴 눈물을 흘렸고, 나 자신의 감정이 한 편의 연극이 되어 내 눈앞에 펼쳐지는 극단적인 상태에까지 이르렀다. 나 자신의 운명이 자아내는 비애에 나는 연민 섞인 번민 비슷한 것을 느꼈다. 고통에 대해서는 정교하게 조직되어 있으나 즐거움에 반응하는 기질은 한 가닥도 없다시피 한 존재의 운명. 이런 인간은 미래에 닥칠 악을 생각하느라 현재에서 기쁨을 빼앗기지만, 미래에 닥칠 선을 떠올린다고 해서 현재의 갈망이나 현재의 두려움으로 인한 불안이 가라앉지는 않는다. 나는 표현의 감미로운 격통을 느끼고 슬픔을 형상화하는 시인으로서 번뇌의 시간을 묵묵히 겪어냈다.

이렇듯 멋대로 방랑하는 몽롱한 삶을 살아도 내게 조언 한마디 건네는 이가 없었다. 아버지가 나를 어떻게 생각하는지는 알았다. '저 애는 평생 쓸모 있는 일은 하나도 못 할 게야. 제 앞으로 떨어지는 유산으로 인생을 하찮게 낭비할 테지. 저 녀석이 직업을 갖게 하려고 공연히 신경 쓰지 말자.'

11월 초입의 어느 포근한 아침, 나는 나이가 들어 눈이 멀다시피 한 게으른 뉴펀들랜드종 노견 시저를 쓰다듬으며 주랑 현관 밖에 서 있었다. 나한테 약간이라도 관심을 보여주는 개는 이 녀석이 유일했다. 개들이야말로 나를 피하고 주변의 다른 행복한 사람들에게만 치댔으니. 그때 말구종이 형을 사냥터로 실어 갈 말을 데려왔다. 가슴이 넓은 체격에 홍조를 띤 얼굴로 형이 문가에 나타났다. 이렇게 많은 장점을 갖고 있으면서도 그걸 과시하지 않는 자신의 인성이 참으로 훌륭하다고 생각하는 자아도취에 빠진 채였다.

"래티머, 이 녀석." 형이 온정적이고 다정한 어조로 내게 말을 건넸다. "가끔이라도 사냥개들이랑 달리지 않는다니 안타깝구나! 의기소침한 사람한테는 세상에 이것만큼 좋은 게 없는데!"

'의기소침하다고!' 형이 말을 타고 멀어질 때 나는 씁쓸히 생각했다. '형처럼 조악하고 편협한 천성의 소유자들이 고작해야 자기 말이랑 비슷한 수준으로 이해할 뿐인 경험을 설명할 때 떠올릴 법한 표현이군. 꼭 형 같은 인간한테 세상의 좋은 것들이 떨어지지. 기꺼운 둔감, 건강한 이기심, 싹싹한 거만, 그딴 것들이 행복을 얻는 열쇠니까.'

문득 내 이기심이 형의 이기심보다 강하다는 생각이 들었다. 다만 나의 이기심은 내게 즐거움이 아니라 괴로움을 안겨주었다. 형은 내 인생에 거미줄처럼 얽혀 있는 모든 의구심과 두려움, 충족되지 않은 갈망과 예민함이라는 강렬한 고통에 전혀 매여 있지 않았다. 그런 자유로운 상태에서 자아도취에 빠져 있는 형의 영혼을 들여다보는 내 통탄스러운 통찰은 형에 대한 유대감으로부터 나를 해방해주었다. 형은 연민도 사랑도 필요하지 않은 인간이었다. 그런 미세한 영향은 바위를 어루만지는 희뿌옇고 여린 안개만큼이나 형에게 아무런 감흥도 주지 못했을 것이다. *형에게* 예약된 악은 없었다. 형이 버사와 결혼하지 않는다면 그 이유는 본인에게 더 유쾌한 운명을 찾았기 때문일 것이었다.

필모어 씨의 집은 우리 집 대문을 나서면 800미터도 안 되는 거리에 있었고, 나는 형이 다른 방향으로 갔다는 것을 알 때면 혹시 버사가 집에 있지 않을까 하는 마음에 그리로 갔다. 그날도 느지막이 그곳으로 걸어갔다. 여느 때와 다르게 버사 혼자 집에 있었고 우리는 마당으로 나가 함께 걸었다. 버사는 다듬고 비질해놓은 자갈 산책로 너머로는 좀처럼 발을 디디지 않았다. 11월의 얇은 해를 받아 금발이 반짝이는 그녀가 아름다운 요정처럼 보였던 것을 기억한다. 버사는 날랜 발걸음으로 걸어나가며 평소처럼 가벼운 핀잔으로 나를 놀렸고 나는 그 핀잔을 반쯤은 애정 어리게, 반쯤은 침울하게 들었다. 버사의 수수께끼 같은 내면 자아가 내게 일으키는 징후들이었다. 그날은 침울함이 우세했던 것도 같다. 사냥을 떠나면서 거들먹거렸던 형을 향해 질투에 찬 증오가 이는 것을 아직 물리치지 못한 채였으니. 나는 느닷없이 버사의 말을 자르고 질문을 던져 그녀를 놀라게 했다. 내 질문은 자못 공격적이었다. "버사, 어떻게 앨프리드를 사랑할 수 있죠?"

버사는 순간 뜻밖이라는 듯 나를 바라봤으나 이내 가벼운 미소를 띠었다. 그녀는 조소하는 투로 답했다. "왜 내가 그 사람을 사랑한다고 생각하죠?"

"그런 말이 어디 있어요, 버사?"

"뭐예요! 당신 생각에는 내가 결혼할 사람이라고 해서 그 남자를 무조건 사랑할 것 같아요? 세상에 이렇게 불쾌할 데가. 난 그 사람이랑 언쟁을 벌일 거고, 그 사람을 질투할 거예요. 우리 가정은 아주 못돼먹은 방식으로 꾸려질 테죠. 약간의 조용한 경멸이 삶의 품격에 이바지하는 바가 크거든요."

"버사, 그건 당신의 진짜 감정이 아니잖아요. 그렇게 냉소적인 말을 지어내서 날 놀리며 즐기는 이유가 뭐죠?"

"당신 속이려고 말을 지어내는 수고까지 할 필요는

없어요, 우리 꼬마 타소* 씨." (버사는 종종 나를 조롱하기 위해 타소라고 불렀다.) "시인을 속이는 가장 쉬운 방법은 진실을 들려주는 건걸요."

버사는 자신이 만든 격언의 타당성을 대담하게 시험하고 있었다. 순간 내 환영에 등장한 그림자가, 내게 영혼이 감춰져 있지 않은 버사가, 이 찬란한 아가씨, 그 감정이 매혹적인 수수께끼인 장난스러운 요정과 나 사이를 지나갔다. 나는 분명 몸서리를 친다거나 해서 찰나에 느낀 오싹한 공포를 드러냈으리라.

"타소!" 버사가 내 손목을 붙잡고는 내 얼굴 곳곳을 뜯어보며 말했다. "이제 진짜 내가 얼마나 비정한 여자인지 알아차린 거예요? 내 생각만큼 시인은 아니었나 보군요. 내 진실을 꿰뚫어 볼 깜냥이 되다니."

그림자는 우리 사이를 떠났고 더는 나와 가장 가까이 있는 대상도 아니었다. 가녀린 손가락으로 나를 붙잡고 요정처럼 매력적인 얼굴로 내 얼굴을 들여다보는 이 아가씨, 직접적으로 공언하지는 않겠지만 내 감정에 관심을 보이는 것 같았던 이 따스하니 살아있는

---

* 16세기 이탈리아 시인 토르콰토 타소. 정신질환자 판정을 받아 병원에 감금된 바 있다.

존재는 위협해오는 파도의 포효에 잠시 압도되었다가 돌아온 세이렌의 선율처럼 내 감각과 상상을 재차 사로잡았다. 내게는 중년의 꿈을 꿨다가 청춘의 의식에 눈을 뜨는 때만큼이나 감미로운 순간이었다. 나는 정념을 뺀 모든 것을 망각하고, 유영하는 눈으로 말했다…….

"버사, 우리가 먼저 결혼하면 날 사랑해줄 건가요? 그저 잠시만 사랑해줘도 난 충분해요."

내 손을 풀어주고 거리를 두는 버사의 당황한 표정에 나는 내 기이하고 괘씸한 몰지각을 자각했다.

"용서해요." 나는 말문이 다시 트이자마자 황급히 사과했다. "나도 모르게 나온 말이에요."

"아, 타소의 광증이 도졌나 보네요." 버사가 낮은 목소리로 대답했다. 나보다 먼저 정신을 차렸던 것이다. "그런 사람은 집에 가서 머리나 좀 식히도록 해요. 난 이만 들어갈게요. 해가 지고 있잖아요."

나는 나 자신에게 화가 난 채 그 자리를 떠났다. 내가 흘린 말을 버사가 곱씹어 생각하면 내 정신 상태가 비정상이라는 의심을 품게 될 수도 있을 텐데 그녀가 그런 의심을 하는 것이 나는 무엇보다 두려웠다. 게다가 형과 약혼한 여자 앞에서 그런 말을 내뱉고 만 내 명백한 저열함이 수치스러웠다. 나는 집으로 느릿느릿 걸어가 관리인 숙소 옆으로 난 문 대신 전용 문으로 우리 정원에 들어섰다. 집에 거의 다 왔을 때쯤 웬 남자가 마구간에서 튀어나와 정원을 가로질러 전속력으로 달려가는 것이 보였다. 집에 무슨 사고라도 생긴 것일까? 아니, 그저 아버지가 업무상 심부름으로 성화를 부려서 저렇게 무작정 서두르는 것이겠지. 나는 뚜렷한 동기는 없지만 걸음을 재촉해 금방 집에 도착했다. 그곳에서 본 장면을 구구절절 말하지는 않겠다. 형이 죽어 있었다. 말에서 떨어지는 바람에 뇌진탕으로 그 자리에서 즉사한 것이다.

형의 시신을 눕힌 방으로 올라가니, 뻣뻣하게 몸이 굳은 아버지가 절망한 표정으로 주검 옆에 앉아 있었다. 고향으로 돌아온 뒤 나는 아버지를 마주치지 않으려 피해 다녔더랬다. 우리 천성 사이의 근원적 반감 탓에 아버지의 내면 자아를 들여다보는 통찰이 내게는 끊임없는 고통이었기 때문이다. 그러나 슬픔에 빠져 침묵에 잠긴 아버지 옆에 다가가 선 지금은 일절 섞인 적 없던 우리를 섞어주는 새로운 요소의 존재가 느껴졌다. 아버지는 돈벌이의 세계에서 누구보다 크게 성공했으며, 감정적인 문제로 괴로워하거나 아파하는 사람이 아니었다. 살면서 그가 겪었던 가장 막중했던 고난은 첫 번째 부인의 죽음이었다. 그러나 얼마 지나지 않아 아버지는 내 어머니와 결혼했다. 그리고 어머니가 돌아가시고는 내 어린이다운 투명한 시선으로 관찰하기에도 일주일 만에 전과 완전히 똑같아졌던 것을 기억한다. 그런데 이제야 비로소 슬픔에 맞닥뜨리게 된 것이었다. 그 자존심과 희망이 편협하고 범속한 만큼 자존심과 희망이 무너진 데 한층 더 번뇌하는 노년의 슬픔이었다. 아들은 곧 결혼할 참이었고 본인은 다음 선거에서 자치구 후보로 출마할까를 가늠하는 중이었다. 매년 토지를 새로 매입해 재산을 불리는 것도 맏아들을 위해서였다. 목적을 잃은 채 해마다 똑같은 일을 반복하며 살아가는 것은 삭막한 일이다. 청춘과 정념이 좌절되는 비극은 노년과 연륜이 좌절되는 비극에 비하면 덜 애처로운 것이리라.

황폐해진 아버지의 마음을 들여다보니 그를 향한 깊은 연민이 동하는 것이 느껴졌고 그리하여 새로운 애정이 생겨났다. 형이 죽고 두어 달 동안 나를 보는 아버지의 시선에 기이한 통한이 깃들어 있었음에도 불구하고 이 애정은 점점 자라나고 강해졌다. 아버지를 향한 온정, 살면서 처음으로 느껴본 그 깊은 온정으로 마음이 누그러지지 않았더라면, 아버지가 장자 몫의 상속 재산을 내게 넘기면서 운명의 농간 탓에 나를 중요한 존재로 대접하는 달갑지 않은 길로 떠밀린 것을 굴욕으로 생각했음을 알고 가슴이 쓰라렸을 것이다. 아버지가 내게 걱정스레 관심을 주게 된 것은 자기도 모르게 일어난 일에 지나지 않았다. 편애받는 자식의 자리가 죽음으로 공석이 된 것을 본 홀대받던 자식치고 내 말뜻을 이해하지 못하는 이는 거의 없으리라.

그러나 연민에서 비롯한 인내심의 영향으로 내가 아버지의 소망을 새로이 존중하게 되자 아버지도 점차 내게 애정을 보였다. 아버지는 내 허약한 인격이 형의 자리를 채우기 위해 아등바등 애쓰는 것을 보며 흐뭇함을 느꼈다. 게다가 내가 버사의 남편이 될 가능성이 드러나자 더욱 만족스러워했다. 그래서 형의 결혼을 앞두고는 계획하지 않았던 것까지 고려하게 되었다. 아들과 며느리를 자신과 한집에 살게 하는 것이었다. 아버지를 향한 감정이 누그러졌던 이 시기는 유년 시절 이후로 내가 경험한 가장 행복한 시간이 되었다. 몇 달간의 이 시기에 나는 버사가 애정을 품은 존재라는 환상, 그녀가 어쩌면 나를 사랑하리라고 갈망하고 의심하고 희망하는 감미로운 환상을 간직했다. 버사는 형이 죽은 뒤 새삼스레 내게 의식적으로 거리를 두려 했다. 나 역시 이중의 제약에 묶여 있었다. 형에 대한 기억을 배려해야 한다는 것과 불쑥 내뱉어진 내 말이 버사의 머릿속에 어떤 인상을 남겼을지 불안하다는 것이었다. 그러나 서로 내외하는 우리 사이에 추가로 세워진 장막은 나를 버사의 영향력 아래로 더 깊이 끌어당길 뿐이었다. 그 밀실이 텅 비어 있다고 한들 그곳을 가린 베일은 그만큼 두툼했다. 우리 영혼이 그 생명의 숨결인 의구심과 희망과 노력을 유지하려면 은폐되고 불확실한 무언가가 필요하다는 것은 지극히 절대적인 사실이다. 우리 앞에 오늘 이후의 미래가 통째로 발가벗겨진다면 온 인류의 관심은 오늘과 미래 사이에 놓인 시간에 집중될 것이다. 우리는 하루 남은 아침과 하루 남은 오후의 불확실성을 숨 가쁘게 갈망할 것이다. 마지막 남은 투기와 성공과 실망의 가능성을 위해 거래소로 죽어라 달려갈 것이다. 예언이 가능한 마지막 스물네 시간 안에 위기가 닥칠지, 아니면 닥치지 않을지를 점치는 예언자들이 범람할 것이다. 단 하나만 빼고는 모든 문제가 자명하게 보이는 사람의 정신 상태가 어떨지 상상해보라. 그 하나의 문제마저도 여름날이 끝날 무렵에는 자명해지겠지만, 그때가 되기까지는 의문과 가정과 토론의 대상이리라. 확실치 않은 가능성을 꿀처럼 품고 있는 그 하나의 문제에 예술과 철학, 문학과 과학이 벌떼처럼 들러붙을 것이며 그것을 향유하는 것도 일몰과 더불어 끝날 것임을 알기에 더더욱 열성을 다할 것이다. 우리 인간의 충동과 영적 활동은 심장 박동이나 근육의 과민성에 맞춰지지 않은 만큼 미래의 무無라는 관념에도 그러하다.

버사, 훤히 들여다보이는 주변 타인들의 머릿속이 나를 피로하게 하는 가운데 현재의 생각과 감정이 미지의 신비로 남아 있는 이 늘씬한 금발 아가씨는 해질녘까지 문젯거리로 남아 있는 단 하나의 가상 명제처럼 단 하나의 미지로서 나를 몰입하게 했다. 비좁게 가둬진 내 천성의 그 모든 신념과 회의, 신뢰와 불신이 이 좁은 통로 하나에서 꿀렁이며 솟구쳤다.

그리고 버사는 내가 자신에게 사랑받는다고 믿게 했다. 나를 놀리고 장난스레 우위를 드러내는 어조를 절대 끊지 않으면서도 내가 자신에게 없어선 안 된다는 느낌, 자신의 장난스러운 폭압에 복종하는 내가 가까이 있지 않으면 자기는 편안히 있을 수가 없다는 느낌을 주면서 나를 도취시켰다. 여자는 별 노력을 들이지 않고도 우리를 이런 식으로 괴롭힐 수 있는 것이다! 억눌린 듯한 말과 순간의 예기치 못한 침묵, 걸핏하면 터지는 심술마저도 우리에게는 한참 동안 해시시[*] 역할을 한다. 눈치채기 어려운 신호들로 짜인 더없이 미묘한 거미줄로, 버사는 자신은 전부터 무의식적으로 앨프리드보다 나를 사랑했지만 어린 여자아이의 무지한 감수성이 두근거린 나머지 형처럼 빼어난 남자에게 경애와 선택을 받았다는 특별해진 기분에 홀리고 말았다는 공상을 내가 엮도록 했다. 자신의 허영과 야심을 무척 우아하게 풍자했다. 이제 적어도 인간적인 면을 제외하면 형이 지녔던 모

---

[*] 대마초가 원료인 환각제의 일종.

든 장점을 내가 보유하고 있다는 사실에 내가 지닌 그
참담한 선견의 빛은 무슨 의미였나? 우리가 품는 달
콤한 환상의 절반은 반짝이, 깨진 유리, 누더기가 재
료임을 아는 색이 만들어내는 효과와 같은 의식적인
환상이다.

우리는 앨프리드 형이 죽고 열여덟 달이 지난 4월
의 어느 싸늘하고 맑은 아침에, 우박과 햇살을 동시
에 받으며 결혼했다. 하얀 비단옷에 엷은 녹색 잎사
귀들을 두르고 머리칼과 얼굴도 엷은 빛인 버사는 아
침의 정령처럼 보였다. 아버지는 자신이 예상했던 것
보다 더 행복해했다. 내가 결혼하면 성격이 바람직하
게 개조되어 정신 온전한 사람들과 어울리며 인정받
을 만큼 현실적이고 세속적인 인간이 될 거라고 확신
했던 것이다. 또한 버사의 재치와 예리함을 흡족히 여
겼고 버사가 내 주인이 되어 나를 아버지가 원하는 인
간으로 만들 거라고 확신했다. 나는 아직 스물한 살밖
에 되지 않았고 버사에게 푹 빠져 있었다. 가엾은 아
버지! 우리가 결혼한 첫해가 지나고도 아버지는 한동
안 이런 희망을 간직했고 당신 몸이 마비되어 더 이상
낙담할 수도 없게 되었을 때조차 그 희망은 완전히 사

라지지 않았다.

이제 내 내면에서 일어난 일들을 세세히 언급하는 것을 멈추고, 서둘러 내 인생의 나머지 이야기를 훑어보도록 하겠다. 사람이 서로와 익숙해지면 감정과 감상은 추정에 맡겨두고 오히려 외부에서 일어나는 일을 이야기하게 되는 법이다.

우리는 고향으로 돌아와 한동안 여러 집을 돌며 인사를 다녔고, 성대한 연회를 열었다. 새로 광택 낸 우리의 사륜마차 이야기로 한동안 동네가 떠들썩했다. 아버지는 불린 재산을 과시할 기회를 아들이 결혼할 때까지 아껴뒀던 것이다. 우리는 내가 후계자와 신랑으로 변변치 못해 아쉽다고 논평할 기회를 지인들에게 후하게 제공했다. 이런 생활의 초조한 피로감, 내면과 외부의 감각으로 두 번 되풀이해 겪어야만 했던 그 가식과 진부함은 내가 새신랑으로서 처음 겪는 격정의 즐거움으로 어딘가에 도취된 듯 무감각한 상태가 아니었더라면 날 미치게 했을 것이다. 막대한 부로 얻은 기물들에 둘러싸인 채 사교 활동의 연속으로 하루하루를 바삐 보내며 둘만의 시간은 급히 서로를 어루만지는 것으로 채우는 신부와 신랑은 수도원에 들어가는 수련사처럼 극단적으로 비참해질 미래로 함께 나아갔다.

복작거리고 들떴던 여러 달 동안 나는 버사의 내면을 전혀 들여다볼 수 없었다. 버사의 생각을 읽을 경로는 여전히 그녀의 입술과 몸가짐으로 나타나는 언어뿐이었다. 변함 없이 나는 내 행동과 말이 버사의 마음에 들지를 궁금해하고, 그녀에게 애정 어린 말을 듣고자 갈망했으며, 그녀의 미소를 확대 해석하면서 감미로움을 느꼈다. 그러나 나를 대하는 그녀의 태도가 점점 달라지는 것 역시 의식하고 있었다. 그녀의 태도는 우리가 결혼하던 날 아침에 햇살을 갈랐던 우박만큼 거만하고 냉담하게 바뀌었다. 내가 고대하던 둘만의 산책이나 식사를 그녀가 교묘하게 피하는 것에서 나는 그 변화를 감지했다. 그래서 몹시 고통스러웠다. 행복했던 내 짧은 하루도 저물 때가 멀지 않았다는 감각에 심장이 짓이겨지는 듯한 기분마저 들었다. 그럼에도 나는 조만간 영영 사라질 마지막 축복의 빛줄기를 열망하고 다가올 밤에 더 아름다울 잔광을 바라고 기다리며 여전히 버사에게 의존했다.

나는 기억한다. 어떻게 기억하지 못하겠는가? 그

의존과 희망이 나를 완전히 떠나간 시기, 버사와 점점 더 서먹해지며 느꼈던 슬픔이 마비된 팔다리에 마지막으로 느껴진 통증을 돌이키듯 간절히 돌이키는 기쁨이 된 그 시기를. 때는 아버지의 병이 결말에 이른 직후로, 우리는 사교 생활에서 물러나 서로와 더 부대낄 수밖에 없었다. 아버지가 죽은 날 저녁이었다. 그 저녁에, 내게 버사의 영혼을 감춰 동료 인간들 가운데 오직 버사에게서만 수수께끼와 의심과 기대라는 행복한 가능성을 보게 했던 베일이 처음으로 벗겨졌다. 버사를 향해 정념이 일기 시작한 이래 열중할 만한 다른 감정으로 그 정념이 완전히 중화된 것은 그날이 처음이었던 것도 같다. 나는 아버지의 임종을 지켜보고 있었다. 아버지의 영혼이 자신이 소진해온 삶을 돌아보며 간절한 눈빛으로 자기 삶의 유산들을 짧게 훑어보는 것을 목도하고 있었다. 내 손의 아귀힘에서 아버지가 마지막으로 희미하게 짐작했을 사랑. 그런 지고의 고통 속에서 나눈다면 모든 인간적 사랑이 다 무엇인가? 죽음 앞에서 멀어지고 얼마 되지 않았을 때는 살아있는 이들과의 다른 모든 관계가 공동의 천성과 공동의 운명이라는 거대한 관계 속에서 뭉뚱그려지는 느낌인 것을.

그런 정신 상태로 나는 개인 거실에 있는 버사에게
갔다. 버사는 문을 등지고 기다란 안락의자에 기대어
앉아 있었다. 안락의자 뒷면 위로 풍성하게 꼬여 가녀
린 목에 얹혀 있는 엷은 금발이 보였다. 거실로 들어
가 문을 닫자마자 나를 사로잡은 싸늘한 전율을, 내가
미움받고 있으며 외롭다는 어렴풋한 감각을, 예감처
럼 어렴풋하지만 강력했던 감각을 기억한다. 그 순간
내가 어떻게 보였는지 안다. 버사가 매서운 회색 눈
을 들어 나를 바라봤을 때 그녀의 머릿속에 떠오른 내
모습을 봤으므로. 유령이나 보는 딱한 인간, 한낮에도
혼령에 둘러싸여 있어 나뭇잎도 움직이지 않는 산들
바람에 벌벌 떨고 인간이 일반적으로 욕망하는 대상
에는 관심이 없으면서 달빛에 애달파하는 인간. 우리
는 서로를 마주보며 서로를 재단했다. 완벽한 조명이
모든 것을 밝히는 지독한 순간이 닥치자 나는 어둠이
내게 숨겼던 풍경은 다른 것이 아니라 오직 텅 비고
범속한 벽뿐이었음을 이해하게 되었다. 그날 저녁 이
후로 병들어간 세월 동안 나는 이 여자의 영혼이라는
좁은 방을 샅샅이 보았다. 쉬이 드러나지 않는 감수

성, 잠재한 감정과 불화하는 재기가 있다고 기꺼이 믿었던 곳에서 하잘것없는 술수와 한낱 허위를 보았다. 아가씨의 경박한 허영이 여성의 체계적인 교태, 계획적인 이기심으로 선명해지는 것을 보았다. 그녀의 역겨움과 반감이 잔인한 증오로 굳어지고 그저 타인을 아프게 할 목적으로 고통을 가하는 것을 보았다.

버사 역시 나름대로 환멸의 쓸쓸함을 느꼈다. 버사는 내가 자신을 향해 시인의 광포한 정념을 불태우므로 자기의 노예가 되리라 믿었다. 그리고 그 노예는 어떤 일이든 자기가 하자는 대로 다 따를 거라고 생각했다. 천성이 부정적이고 상상력이 부족하며 생각이 얄팍한 탓에 그녀는 나의 예민한 감수성이 약점만은 아니라는 것을 상상하지 못했던 것이다. 나를 자신의 손아귀에 넣어주리라고 생각했던 내 약점들은 그녀가 감당하기 어려운 힘으로 드러났다. 우리는 입장이 뒤바뀌었다. 결혼 전의 버사는 내게 비밀로 존재했으므로 내 상상력을 완전히 장악했고, 나는 미지의 생각을 빚어 그것이 버사의 생각인 양 그 앞에서 전율했다. 그러나 버사의 영혼이 내게 훤히 까발려진 지금, 그녀의 내밀한 동기를 공유하고 그녀의 말과 행동에 선행했던 그 모든 하잘것없는 생각을 따라 잡지 않을 수 없게 된 지금, 버사는 역겨움으로 싸늘하게 몸서리치게 하는 것 외에 내게 아무 힘도 휘두를 수 없었다. 아무 힘도 휘두를 수 없는 것은 그녀의 손이 닿는 지렛대 가운데 내게 영향을 주는 것이 없기 때문이었다. 나는 세속의 야망에, 사교의 허영에, 그녀의 편협한 상상력이 미치는 범위 내의 모든 유인에 무감했고 그녀에게는 전혀 보이지 않는 힘 아래에서 살았다.

이런 남편을 둔 버사는 정말이지 측은했고 세상 사람들 모두도 그렇게 생각했다. 버사처럼 우아하고 훌륭한 여자, 아침 손님들에게 미소를 지어주고 무도회장에서 멋들어진 자태를 뽐내고 그녀 같은 여자를 상대로 한다면 재기로 인정될 가벼운 즉답을 내놓을 줄 아는 여자가 병약하고 어딘가 다른 곳에 정신이 팔려 있으며 어떤 사람들은 머리가 돌아버린 게 아닐까 의심하기까지 하는 남편과 산다니 동정을 살 수밖에 없었다. 하인들마저 버사를 존경하고, 연민했다. 우리는 소리 내어 말다툼하지 않았다. 서로에게 느끼는 이질감과 혐오감은 우리 가슴의 침묵 속에 있었다. 주인마님이 자주 외출하고 주인어른과 어울리기를 꺼리는 듯한 것은 안됐지만 자연스러운 일 아닌가? 주인어른이 좀 특이해야지. 나는 식솔들을 친절하고 공정하게 대했지만 그들은 나를 꺼림칙하게 여기며 반쯤은 경멸 섞인 연민을 느꼈다. 이런 부류의 남녀가 타인을 평가할 때 인품을 전반적으로 고려하거나 자신이 직접 겪어본 바를 잣대 삼는 경우는 별로 없다. 이들이 사람을 판단하는 것은 동전을 판단하는 것과 같아 높은 값으로 통용되는 사람을 높게 친다.

시간이 좀 지난 후부터는 내가 버사의 일상을 방해하는 일이 거의 없었는데도 나를 향한 버사의 증오가 그토록 격렬하고 왕성하게 자라났다는 것이 신기할 지경이다. 그러나 내가 무심결에 능력을 몇 번 드러내면서, 슬슬 버사도 내게 비정상적인 통찰력이 있는 것 같다고, 단발성일지언정 내가 기이하게도 자기 생각과 의도를 인식하고 있는 것 같다고 의심하기 시작했다. 버사는 나에 대한 두려움에 시달리게 되었고 그 감정은 간간이 반항심과 갈마들었다. 버사는 이 인큐버스*를

* 주로 여성의 꿈에 나타나 꿈꾸는 사람을 괴롭힌다는 남성형 악마.

제 인생에서 떼어낼 방도를 쉬지 않고 궁리했다. 한 때 모자란 인간이라 경멸했으나 이제 심문관처럼 두려운 존재와 묶인 이 증오스러운 유대에서 해방될 방법을. 버사는 내 분명한 참담이 나를 자살로 몰고 가리란 희망 속에 한동안 살았다. 그러나 자살은 내 천성에 맞지 않았다. 나는 미지의 힘이 나를 붙들고 있다는 감각에 완전히 지배되어, 내게 스스로를 해방할 힘이 있다는 생각을 하지 못했다. 나 자신의 운명에 나는 전적으로 수동적이었다. 하나 있던 열렬한 욕망은 소진되었고 충동은 인식을 더 이상 좌우하지 못했으니. 우리 부부 사이가 소원하다는 것을 만천하가 다 아는데도 나는 버사와의 완전한 헤어짐을 위해 무언가를 해볼 생각은 전혀 하지 않았다. 내 가장 격렬했던 의지가 발동한 행위의 결과로 괴로워할 뿐이면서 구원을 찾아 새로운 길로 뛰어들 이유가 무엇인가? 그런 것은 충족할 욕망이 있는 이들의 논리일 텐데, 내게는 욕망이 없었다. 버사와 나는 점점 더 서로에게 거리를 두고 지내게 되었다. 부자들은 결혼하고도 남처럼 사는 것을 어렵게 여기지 않는 법이다.

내가 몇 문장으로 나타낸 저 단계가 우리 인생에

서 수년의 시간을 채웠다. 이런 비참이, 이렇게 느리고 섬뜩하게 자라난 증오와 죄악이 문장 하나로 압축될 수 있다니! 인간은 이렇게 간추린 표현 수단으로 서로의 인생을 재단한다. 동료 필멸자의 경험을 하나의 전형으로 만들고 깔끔한 구문으로 판결을 선고하며 자기는 현명하고 도덕적이라고, 정히 선별한 서술부로 규명한 유혹들을 정복했다고 느낀다. 싸늘하게 실망하고, 머리와 가슴이 쿵쾅거리고, 두려움과 허무가 씨름하고, 후회하고 절망하는 순간들이 계속 이어지는 와중에도 그 세월을 전연 셈하지 않았던 남자의 입술 위에서 참담했던 일곱 해가 덧없이 미끄러진다. 우리는 어떤 *단어*를 기계적으로 암기할 뿐, 의미로 익히지 않는다. *의미*를 알기 위해서는 우리 생명의 피로 값을 치러야만 하며, 그 의미는 우리 신경의 섬세한 가닥에 새겨져야 한다.

하지만 내 이야기는 서둘러 마치려 한다. 간결함은 이해력이 뛰어난 이들과 결코 이해하지 못할 이들 모두에게 합당하므로.

아버지가 죽고 몇 년이 지난 1월의 어느 저녁, 나는 어둑한 서재에서 벽난로 옆, 한때 아버지가 썼던 가죽 의자에 앉아 있었다. 초를 든 버사가 문간에 나타나 내 쪽으로 다가왔다. 버사가 입은 저 볼드레스는 아는 것이었다. 벽난로 전면 장식의 죽어가는 클레오파트라 원반을 비추는 양초 불빛을 받아 초록 보석을 반짝이는 하얀 볼드레스. 버사가 외출 전에 내게 온 이유가 무엇인가? 여러 달 동안 내 고정석 같았던 이 서재에서 버사를 본 일은 없었다. 그런 그녀가 경멸에 찬 잔혹한 눈을 내게 고정한 채 손에는 초를 들고 가슴팍에는 친숙한 악마처럼 반짝이는 뱀을 달고 내 앞에 서 있는 이유가 무엇인가? 순간 나는 빈에서 봤던 환영이 이렇게 실현된 것은 내 운명에 무시무시한 위기가 닥쳤음을 알리는 것이라 생각했다. 그러나 내 앞에 선 버사의 머릿속에서는 자기 앞에 앉은 내 얼굴에 드러난 헤어날 수 없는 비참에 대한 경멸을 제외하면 아무것도 보이지 않았다……. '이 미치광이, 멍청이! 차라리 스스로 목숨을 끊지 그래?' 이것이 버사의 생각이었다. 그러나 마침내 버사의 생각은 자기 용무로 돌아갔고 그녀는 소리 내어 말했다. 그 용무의 명백히 시시한 성격은 내 선견과 불안에 우스꽝스럽도록 맥 빠지는 결말을 선사하는 듯했다.

"새로운 하녀를 고용하려고 해요. 플레처가 결혼한 다는데, 남편 될 사람이 몰턴에서 주점이랑 농장을 하고 싶어 한다는군요. 그렇게 해도 될지 나한테 당신 허락을 받아달래요. 그러라고 해요. 지금 말해줘요. 플레처는 내일 아침에 떠나니까 빨리 말해줘요. 나도 바쁘니까요."

"알았어요, 그러라고 해요." 나는 무심하게 말했고 버사는 다시 서재에서 사라졌다.

나는 원래 새로운 사람 보기를 꺼렸고, 그 정신 활동이 속되고 무지하고 하찮아서 내 마지못한 통찰을 피로하게 할 것 같은 사람이면 더더욱 꺼렸다. 그런데 이 새로운 하녀를 보는 것은 유독 더 꺼려졌다. 그 여자가 올 것을 알게 된 순간 그것이 숙명적인 운명이란 생각이 떠올랐기 때문이다. 나는 그녀가 내 인생이라는 삭막한 극과 얽혀 있으리라는 두려움을 어렴풋이 느꼈다. 메스꺼운 새 환영이 그녀가 악한 천성의 소유자임을 내게 보여주리라는 두려움이었다. 마침내 속절없이 그녀를 만났을 때 그 어렴풋한 두려움은 명확한 혐오감으로 변했다. 키가 크고 꼬챙이처럼 마른 몸매에 눈동자 색이 짙은 이 아처 부인이라는 여자는 조악하고 팍팍한 천성을 대담하고 자신만만한 교태라는 고약한 칠로 족히 덮을 만큼 반반한 얼굴을 하고 있었다. 그녀가 나를 응시할 때의 경멸에 찬 감정은 차치하고 이런 이유만으로도 나는 그녀를 피하고 싶었다. 내가 그녀를 직접 볼 일은 드물었지만 이 여자가 빠르게 주인마님의 총애를 샀다는 것은 눈치챘다. 여덟아홉 달이 흐른 뒤에는 버사의 머릿속에서 이 여자를 향한 두려움과 의존이 뒤섞인 감정이 자라났음을 알아차렸다. 그 감정은 버사의 옷방에서 촛불을 든 불분명한 형상, 그리고 버사가 잠가둔 옷장에 무언가를 보관해둔 일과 연관되어 있음을 알 수 있었다. 그러나 아내와 대화하는 시간이 짧았을뿐더러 우리가 단둘이 있는 경우도 흔치 않았기 때문에 그녀의 머릿속에 떠오른 이런 이미지들을 더 명확하게 지각할 기회는 없었다. 과거의 기억들은 급속한 생각 속에서 쪼그라들어 가끔은 외부 현실과 또렷하게 닮은 구석이 동양의 글자꼴과 그 글자가 암시하는 대상 간의 유사성만큼도 없었다.

　게다가 지난해 또는 그 전부터 내 정신 상태의 개조에는 진전이 있었고 그 효과도 점점 더 뚜렷해지고 있었다. 주변인들의 머릿속을 들여다보는 통찰은 갈수록 어둑해지고 더 변덕스러워졌으며 내 이중 의식을 메웠던 관념들은 사적 접촉에 갈수록 덜 의존하게 되었다. 내 안의 모든 사적인 것이 점차로 죽어가 타인들의 사적 동요와 계획에 영향을 받을 수 있는 기관을 잃어가는 듯했다. 그러나 피로한 통찰이 경감되는 것과 더불어 새로 생겨나는 것도 있었는데 내가 판단한 바로는, 그리고 옳았던 것으로 이후 드러나기로는, 외부에서 펼쳐질 장면의 선견이었다. 나와 동료 인간들 사이의 관계가 나날이 죽어가고 우리가 생명이 없다고 이르는 것과의 관계는 빠르게 살아나는 것만 같았다. 사교 생활과 동떨어져 지낼수록 그리고 내 참담함이 고뇌하는 정념의 광포한 고동에서 예사로운 고통의 둔감으로 잦아드는 만큼 프라하를 봤던 것과 같은 환영들은 더 잦고 선명해졌다. 기이한 도시, 모래벌판, 거대한 폐허, 기이한 별자리들이 빛나는 한밤중의 하늘, 산길, 가지 사이로 비친 오후의 햇살이 얼룩덜룩한 풀투성이 구석 땅. 나는 이런 장면들의 한복판에 있었고, 그 모든 장면 가운데서도 한 존재가 온갖 강대한 형태를 띠고 나를 내리누르는 듯했다. 그 존재는 미지의 무정한 무언가였다. 부단한 번뇌로 인해 내 안에서 종교적 믿음은 소멸했다. 철저히 비참한 이, 사랑을 주지도 받지도 못하는 이에게는 악마를 모시는 것 외에 어떤 종교도 숭배도 가능하지 않다. 이 모든 것을 넘어 부단히 되풀이되는 것은 내 죽음의 환영이었다. 목숨을 붙잡아보려 하지만 소용없는 순간의 격통과 질식과 마지막 몸부림.

이것이 일곱째 해의 끝이 다가오던 무렵의 사정이다. 나는 통찰로부터, 내 것 아닌 다른 의식을 인식하는 비정상으로부터 완전히 벗어났다. 내 의지와 무관하게 타인의 정신 세계에 침투하는 대신 나 자신의 고독한 미래에서 살았다. 버사는 내가 크게 달라졌음을 알아차렸다. 놀랍게도 그 무렵 버사는 내 곁에 있을 기회를 노리는 듯 보였고, 예의만 차릴 뿐 돌이킬 수 없이 소원해진 남편과 아내가 흔히 나누는 서먹하면서도 익숙한 대화를 해보려 노력했다. 나는 그녀의 시도에 무심하게 응했다. 예리하게 관찰할 만큼 그녀의 속내가 궁금하지도 않았다. 그럼에도 버사의 몸가짐과 얼굴에 떠오른 표정에서 무언가 의기양양하고 들뜬 기운을 눈치채지 않을 수 없었다. 너무 미묘해 말이나 어조로 표출되지는 않으나 저 여자가 무언가를 기대하고 있거나 희망 섞인 유보된 긴장 상태로 살고 있음을 짐작하게 하는 무언가였다. 내가 주로 느낀 감정은 버사의 내면 자아가 다시 한 번 내게서 차단되었다는 데서 오는 만족감이었다. 우울의 부재에 순간 흥청거리다가 엉뚱한 말로 대답해 버사의 말을 전혀 귀담아듣지 않는 것을 드러낼 뻔도 했다. 어느 날 내가 이런 유의 실수를 저지른 뒤에 버사가 이렇게 말하며 보였던 눈빛과 미소를 똑똑히 기억한다. "난 당신한테 투시력이 있는 줄 알았어요. 그게 투시력 있는 다른 사람들을 못마땅하게 보는 이유라고 생각했고요. 능력을 독점하고 싶어서 말이에요. 그런데 지금 보니 보통사람들보다도 더 둔감한 사람인 것 같군요."

나는 아무 대답도 하지 않았다. 버사가 부쩍 집적거리는 것이 내게 자신의 비밀을 탐지할 능력이 있는지 시험하고 싶은 소망 때문인지도 모른다는 생각이 들었다. 그러나 이 생각 역시 즉각 떨쳐냈다. 버사의 동기와 행위는 내 흥미를 유발하지 않았고 버사가 어떤 즐거움을 추구하든 나는 방해할 마음이 없었다. 아직 내 영혼은 모든 살아있는 존재에 대한 연민을 간직하고 있었고 버사 역시 살아있었다. 비참의 가능성에 둘러싸인 채.

바로 이 시기에 나를 타성에서 다소간 깨우고 나로서는 불가능하다고 생각했던 찰나의 흥미를 돋운 사건이 일어났다. 그 사건이란 찰스 뫼니에의 방문이었다. 뫼니에는 과도한 업무에서 벗어나 휴식을 취하고자 영국으로 올 예정인데 나를 만나고 싶다고 서신을 보냈더랬다. 뫼니에는 이제 유럽에서 명성이 자자했다. 그러나 내게 쓴 편지에는 어릴 적의 관심과 어릴 적에 진 공감이라는 빚을 깊이 추억하는, 고결한 성품과 떼어놓을 수 없는 마음이 표현되어 있었다. 나 역시 뫼니에가 오면 지금보다 행복한 전생으로 일시적으로나마 부활하는 것처럼 느껴질 것 같았다.

뫼니에가 도착한 후 나는 그와 단둘이 나들이하던 옛 즐거움을 최대한 만끽했다. 산과 빙하와 너르고 푸른 호수 대신 시시한 언덕과 연못과 인공림에 만족해야 했긴 하지만. 세월이 우리 둘 모두를 바꿔놓았는데 결과는 천지 차이였다! 뫼니에는 사교계의 유명인사, 세련된 여성들이 기꺼이 그의 말에 귀 기울이는 상대, 지성을 열망하는 상류층이 그와 인맥을 쌓길 원하는 인물이 되어 있었다. 그는 나를 보고 충격을 받았을 게 틀림없었으나 지극한 배려심으로 내 상태와 형편을 꼬치꼬치 캐내고 싶은 욕망을 일절 드러내지 않았으며, 매력적인 사교 능력을 최대치로 발휘해 재회의 자리를 즐겁게 만들려 애썼다. 버사는 봐줄 만한 요소라고는 명성뿐이리라 예상했던 손님이 지닌 뜻밖의 매력에 놀라 자신이 가진 교태와 재주를 모두 내놓았다. 그렇게 뫼니에의 호감을 사는 데 성공한 듯 보였다. 버사를 대하는 뫼니에의 태도는 살뜰하고 호의적이었다. 뫼니에의 존재가 내게 미친 영향은 참으로 유익했고 특히 옛날처럼 다시 단둘이 산책하는 동안 뫼니에가 일하면서 겪은 놀라운 사연들을 쏟아낼 때는 더더욱 그랬기에 그의 이야기가 질병과 심리의 관계라는 주제로 흐를 때면 어떤 생각이 여러 번 머리를 스쳤다. 뫼니에가 내 집에서 오래 지내다 보면 언젠가 그에게 내 운명의 비밀을 털어놓을 결심이 설 수도 있겠다는 생각이었다. 그가 지닌 과학 지식 가운데 *내게* 맞는 치료법도 있지 않을까? 저 아량 넓고 민감한 정신이라면 나를 이해하고 공감해

주지 않을까? 그러나 이 생각은 가끔 미약하게 깜빡이는 것이 고작이었고 소망이 되지 못한 채 꺼져버렸다. 타인의 내밀한 영혼에 또 침범하게 될지 모른다는 공포 때문에, 나는 비이성적인 본능에 따라 은폐의 장막을 나 자신에게 더욱 바짝 두르게 되었다. 장막 안에 숨는 것이야말로 우리가 가장 쉽게 할 수 있는 행동이니까.

뫼니에가 떠날 날이 얼마 남지 않았을 무렵, 우리 집을 흥분에 빠뜨린 사건이 일어났다. 흥분의 이유는 그 사건이 버사에게 미친 영향이 놀라우리만치 강렬해 보였다는 데 있었다. 버사가 누구인가, 평소 여성적인 동요에 꿈쩍하지 않고 증오 역시 극기로 말끔하게 눌러버리는 침착한 사람 아닌가. 사건이란 아처 부인이 갑자기 중병에 걸린 것이었다. 내가 지금까지 언급을 참아왔던, 뫼니에가 오기 얼마 전 내 의도와는 상관 없이 알게 된 어떤 정황이 있다. 그러니까, 버사가 먼 친척을 만나러 갈 때 아처 부인이 따라갔는데, 주인마님과 하녀 사이에 말다툼이 일어났다는 것이었다. 아처 부인이 신랄하고 불손한 어조로 버사에게 말하는 것을 나도 우연히 들은 적이 있었는데 그만하

면 그 자리에서 해고할 사유로도 충분하다고 할 만했
다. 그러나 그녀는 해고되지 않았다. 정반대로 버사는
그 여자가 성질을 부려서 생기는 개인적 불편을 묵묵
히 감수하는 것처럼 보였다. 하녀가 병에 걸렸다고 크
게 염려하는 버사의 모습은 더더욱 놀라웠다. 밤낮으
로 침대 옆을 지키며 다른 누구에게도 간병을 맡기려
하지 않는 버사라. 가족 주치의가 휴가로 자리를 비워
서 뫼니에가 이 집에 있다는 사실이 두 배로 반가웠을
때가 있었는데, 그때 뫼니에가 환자를 살피며 보인 흥
미는 평범한 직업적 감정의 강렬함을 훌쩍 뛰어넘는
듯했다. 그래서 어느 날 아처 부인을 진찰하고 온 뫼
니에가 긴 침묵에 빠졌을 때 내가 물었다.

"많이 특이한 병인가, 뫼니에?"

"아니." 뫼니에가 대답했다. "복막염에 걸린 건데
치명적인 병이지만 내가 진찰했던 수많은 환자와 물
리적으로 다르진 않아. 머릿속에 맴돌던 생각을 털어
놓도록 하지. 자네가 허락한다면 저 여자에게 실험을
하나 하고 싶어. 그녀에게 해가 되진 않아. 아프지도
않을 테고. 감각을 느낄 생명력이 완전히 소멸하기 전
에는 실시하지 않을 거거든. 심장 박동이 멎고 몇 분

지나서 동맥에 수혈했을 때 어떤 반응이 나타나는지를 보려는 실험이야. 같은 병으로 죽은 동물 대상으로 여러 차례 실험했을 때는 기절초풍할 결과가 나와서, 인간을 대상으로 하면 어떨지 궁금하단 말이지. 필요한 미세 관은 내가 가져온 여행 가방에 있고, 나머지 기구는 금방 준비할 수 있어. 피는 내 팔에서 직접 뽑아 사용할 거야. 장담하는데 저 여자는 오늘밤을 못넘길 거야. 그러니 이 실험 과정에서 날 돕겠다고 자네가 약속해줬으면 해. 조수 없이는 못 하는 실험인데 이 동네 의사를 불러 의료 보조 역할을 맡기는 건 좋은 생각이 아닌 것 같거든. 실험이 불쾌하고 터무니없게 각색되어 소문날 수도 있잖나."

"내 아내랑은 이야기해봤나?" 내가 말했다. "저 여자 일이라면 이상하게 예민하게 구는 것 같아서 그래. 제일 아끼는 하녀였거든."

"솔직히 말하지." 뫼니에가 말했다. "자네 부인은 이 일을 몰랐으면 해. 이런 일에 여자가 관여하면 꼭 손쓰지 못할 문제가 생기거든. 시신인 줄 알았던 육체에서 일어나는 효과에 질겁할지도 모르고. 자네는 나랑 같이 자지 말고 대기하지. 특정 증상이 나타나면 내가 자네를 데리고 들어갈 거고, 다른 사람들은 때를 맞춰서 전부 방에서 내보내야만 해."

이 실험에 대해 그후 우리가 나눈 대화를 전할 필요는 없겠다. 뫼니에는 세부 사항을 일일이 설명했고, 나는 그 이야기를 듣고 역겨움이 치밀었지만 실험 결과에 대한 경외와 호기심이 뒤섞인 감정을 자극해 그 역겨움을 최대한 억눌렀다.

우리는 모든 준비를 마쳤고 뫼니에는 내가 조수로서 해야 할 일을 일러줬다. 그는 아처 부인이 오늘밤을 넘기지 못하리란 절대적 확신을 버사에게 말하지 않은 채, 환자는 두고 하룻밤 휴식을 취하라고 열심히 버사를 설득했다. 그러나 아처 부인의 죽음이 임박했다고 의심한 버사는 뫼니에가 자기를 달래려는 것뿐이라 생각하며 고집을 꺾지 않았다. 병석을 떠나지 않을 셈이었다. 나는 뫼니에와 같이 서재에서 밤을 지새웠고, 뫼니에는 아처 부인의 상태를 자주 확인하고 와서 그녀의 병세가 정확히 자신의 예상대로 진행되고 있다고 알렸다. 한번은 이런 말도 했다. "저 여자가 자기한테 저렇게 지극정성인 주인마님한테 악감정을 품을 이유로 짐작되는 게 있나?"

"병에 걸리기 전에 둘 사이에 오해가 있었던 것 같긴 해. 그런데 그런 건 왜 묻지?"

"회복할 가망이 없는 것 같아서 지난 대여섯 시간 동안 관찰했는데, 기력이 떨어지고 통증에 시달리는 와중에도 기이하게 계속 무슨 말을 하고 싶어 하는 것 같았어. 게다가 섬뜩한 기운을 품은 눈빛으로 주인마님을 계속 쳐다본단 말이지. 이 병을 앓는 환자들은 마지막 순간까지도 정신만큼은 유독 또렷한 경우가 많아."

"그 여자가 악의를 드러냈다고 해도 놀랍진 않군." 내가 말했다. "볼 때마다 불신과 혐오를 내비치는 여자였으니까. 어떻게 했는지 주인마님의 총애는 얻어 냈더라만." 그후 뫼니에는 어떤 생각에 골몰한 듯 말 없이 불길을 바라보다가 다시 위층으로 올라갔다. 다른 때보다 긴 시간이 지난 후 뫼니에가 돌아와서 나지막이 말했다. "이제 가세."

나는 뫼니에를 따라 죽음의 기운이 맴도는 방으로 들어갔다. 커다란 침대에 둘린 짙은 커튼이 배경이 되어 버사의 창백한 얼굴이 강렬하게 도드라졌다. 버사는 내가 들어오는 것을 보고 앞으로 나오더니 취조할 것처럼 화난 표정으로 뫼니에를 쳐다봤다. 그러나 뫼니에는 입을 열지 말라는 듯 손을 든 채 죽어가는 여자에게 시선을 고정하고 맥박을 쟀다. 아처 부인의 얼굴은 파리하니 소름 끼쳤으며, 이마에는 식은땀이 맺혀 있었고, 내려온 눈꺼풀이 커다랗고 짙은 두 눈을 숨기고 있었다. 일이 분쯤 지나서 뫼니에는 버사가 서 있는 침대 반대편으로 걸어가 평소 버사를 대하던 부드럽고 정중한 태도로 환자는 우리 손에 맡기고 자리를 비워달라고 부탁했다. 원하는 조치는 모두 해줄 것이며 환자는 이제 자기를 보살피는 사람이 곁에 있는 것을 의식할 수 있는 상태가 아니라고. 버사는 뫼니에의 말을 수긍하면서도 왠지 그의 말을 따르길 망설이는 것 같았다. 뫼니에의 약속이 진짜라는 확증을 읽어내려는 것처럼 버사가 그 소름 끼치게 죽어가는 얼굴을 살피는데, 내려와 있던 아처 부인의 눈꺼풀이 갑자기 도로 올라갔다. 두 눈은 버사를 응시하려는 것 같았으나 공허했다. 전율이 버사의 온몸을 훑어내렸고, 버사는 베개 근처 자기 자리로 돌아가 방에서 나가지 않겠다는 무언의 의사 표현을 했다.

눈꺼풀은 더 이상 들리지 않았다. 나는 죽어가는 이

의 얼굴을 지켜보는 버사를 흘긋 쳐다봤다. 그녀는 화려한 실내복을 입고 있었고, 금발은 레이스 모자에 반쯤 덮여 있었다. 늘 그랬듯 지금의 귀족 생활을 그린 그림에 등장해도 손색이 없을 만큼 우아한 모습이었다. 그러나 나는 자문했다. 저 여자의 얼굴이 어떻게 인간으로 태어나 어린 시절 추억을 간직하고 고통을 느낄 수 있으며 다정한 손길을 필요로 하는 여자의 얼굴로 보였단 말인가? 그 순간 그 이목구비는 초자연적으로 날카로워 보였고 눈은 너무나 매섭고 이글거렸다. 그녀는 필멸하는 종족의 고통을 자신의 영적 만찬 삼는 잔혹한 불멸자 같았다. 그 딱딱한 이목구비 위로 섬광 같은 것이 스친 것은 임종의 숨이 다했을 때였고, 우리는 모두 그 어두운 베일이 완전히 내려왔음을 느꼈다. 버사와 이 여자 사이의 비밀은 무엇이었나? 나는 통찰력이 돌아와 사랑 없는 두 여자의 심장에서 무엇이 자라났는지 강제로 보게 될 것이 끔찍이도 두려워 버사에게서 눈을 돌렸다. 버사가 자신의 비밀에 봉인을 찍을 이 죽음의 순간을 기다려왔다는 느낌이 들었다. 그 비밀이 내게 계속 봉인되어 있음에 나는 신께 감사했다.

뫼니에가 조용히 말했다. "숨을 거뒀습니다." 그러고 나서 그가 버사에게 팔을 내밀자 버사는 그의 팔을 잡고 순순히 방에서 나갔다.

여자 간병인 둘이 방으로 들어와 그때까지 자리를 지켰던 나이 어린 간병인을 내보낸 것은 버사의 지시였던 듯싶다. 두 간병인이 들어왔을 때 뫼니에는 이미 베개 위에 뻣뻣하게 놓인 길고 가느다란 목의 동맥을 개방한 뒤였다. 나는 간병인들을 내보내고 우리가 부를 때까지 멀리 떨어져 있으라고 명령했다. 의사가 수술을 할 참이라고, 사망한 게 확실하지 않아서 그렇다고 했다. 그후 20분 동안 나는 뫼니에와 그가 한껏 몰입한 실험 외의 모든 것을 잊었다. 뫼니에의 감각은 실험과 관계 없는 모든 소리와 광경에 닫혔던 것 같다. 나는 수혈이 시작된 뒤 시신에 인공호흡을 계속하는 일을 먼저 맡았으나 이내 뫼니에가 나와 교대해서 생명이 서서히 돌아오는 경이를 직접 볼 수 있었다. 아처 부인의 가슴이 들썩거리고 숨이 세지고 눈꺼풀이 떨렸으며 그 아래의 영혼도 돌아온 것 같았다. 인공호흡이 중단된 뒤에도 그녀는 계속 숨을 쉬었고 마침내 입술을 달싹이기 시작했다.

바로 그 순간 문고리 돌아가는 소리가 들렸다. 여자들이 나가라는 명령을 받았다는 것을 버사가 들은 모양이었다. 그녀의 머릿속에서 어렴풋한 두려움이 일었던 것도 같다. 방으로 들어올 때의 불안한 표정을 보면. 버사는 침대 발치까지 왔다가, 터져나오는 비명을 억눌렀다.

죽은 여자의 휘둥그레 벌어진 눈이 버사를 완전히 알아보고 눈을 마주쳤다. 상대를 알아본 눈은 증오에 차 있었다. 버사 생각에는 영영 움직이지 않을 것 같았던 손이 갑자기 안간힘을 짜내 버사를 가리켰고 해쓱한 얼굴이 움직였다. 숨을 헐떡이는 간절한 목소리가 말했다.

"당신, 남편을 독살할 작정이지……. 검은 장롱에 들어 있는 독약으로……. 내가 그걸 구해다 줬는데도…… 당신은 날 비웃고 나 모르게 거짓말을 퍼뜨려서 날 역겨운 인간으로 만들었어……. 날 질투해서……. 후회하시나…… 이제?"

그녀의 입술은 계속 웅얼거렸으나 그후로는 소리가 또렷하지 않았다. 이내 소리는 사라지고 미미한 달싹임만 남았다. 솟구쳤던 불길이 솟구쳤던 것보다 더

빠른 속도로 꺼져갔다. 이 참담한 여자의 흉금은 증오와 복수에 맞춰 조율되어 있었다. 일순간 그것을 훑어 화음을 연주했던 삶의 정기는 다시 영영 사라졌다. 신이시여! 다시 산다는 것이 이런 모습이란 말입니까…… 가라앉지 않은 갈증 아래에서 뱉지 못한 저주가 입술로 솟고 근육은 범하다 만 죄악을 끝까지 행하려는 꼴로 깨어나는 것입니까?

버사는 창백한 얼굴로 침대 발치에 서 있었다. 계교도 단념하고 무력하게 떠는 모습이 빠르게 다가오는 불길에 은신처가 포위된 교활한 동물 같았다. 뇌니에 조차 완전히 몸이 굳어버린 듯 보였다. 그 순간 생명은 그에게 과학의 문제가 아니게 되었다. 내게 이 장면은 내 남은 삶과 결을 같이하는 것으로 보였다. 공포는 내 친구였고, 이 새로운 폭로는 다만 오랜 고통이 새로운 상황과 더불어 되풀이되는 것에 지나지 않았다.

그날 이후로 버사와 나는 별거했다. 버사는 우리 재산의 절반을 가진 주인마님으로 홀로 동네에 살았고 나는 여러 외국을 방랑하다가 이곳 데번셔 집에 죽으러 왔다. 버사는 연민과 존경을 받으며 살고 있다. 나를 제외한 모두가 좋아했을 그 매력적인 여자를 내가 무슨 이유로 싫어하겠는가? 임종실에서 벌어진 장면을 목격한 사람은 뫼니에뿐이었고, 나와 한 약속으로 봉인된 그의 입술은 그가 살아있는 동안은 열리지 않을 것이었다.

방랑에 지쳐 한두 번 아끼는 장소에서 휴식을 취할 때면 얼굴이 익숙해지는 남녀와 아이 들에게 마음이 갔다. 그러나 과거의 통찰력이 다시 살아날지도 모른다는 공포 때문에 나는 도망칠 수밖에 없었다. 유일한 미지의 존재가 지상과 천상의 움직이는 장막으로 드러났다가도 감춰지는 삶을 이어가도록 내쫓겼다. 그러던 끝에 드디어 병마가 나를 붙잡아 이곳에서 휴식하도록 떠밀었다. 하인들에게 의존하는 생활로 떠밀었다. 그러자 그 통찰의 저주가, 내 이중 의식이 돌아왔고 그후로 절대 떠나지 않고 있다. 나는 하인들의 편협한 생각과 미약한 관심, 반쯤 싫증 난 연민을 훤히 알았다.

1850년 9월 20일이다. 방금 쓴 이 숫자가 오래 알아

온 비문처럼 흰하다. 내 책상 이 지면 위에서 무수히
봐온 숫자다. 내가 죽어가며 몸부림치는 장면이 내 앞
에 펼쳐지던 때……

제이컵 형

사기꾼이여, 당신들을 위해 쓰노니

같은 운명을 기대하시라.

—라퐁텐

1

젊은 욕망의 개화에 따르는 많은 숙명 가운데 무턱대고 디저트 계에 뛰어드는 데 따르는 불행은 충분히 고려되지 않은 듯하다. 소금에 절인 돼지고기와 효모 빵떡이 주식이었던 영국 자영농의 아들이, 인간의 위장은 설탕 입힌 아몬드와 분홍색 로젠지 사탕이 가득한 유리병 낙원에서도 식욕을 느끼지 못할 수 있음을, 또 생의 지루함이 절정에 이른 나머지 마음껏 집어 먹을 수 있는 자두빵 앞에서도 약간의 끌림조차 못 느낄 수 있음을 무슨 수로 알겠는가? 어린아이들은 디저트 장수를 온 세상이 모두 고개를 조아릴 지체 높은 사람으로 생각하며 그가 아침에는 마카롱, 점심에는 머랭, 저녁에는 주현절 전야제 케이크를 먹고 간식으로 달콤한 사탕이나 박하사탕을 먹을 거라고만 생각한다. 그런데 훗날 디저트 장수의 소명은 사회적으로 영향력 있는 사람이 되는 것이 아니며 그 직업은 원대한 야망을 이루기에도 유리하지 않음을 깨닫게 될 통탄스러운 지혜의 날이 오리라 어찌 예견하겠는가? 내가 알았던 사람 중에 첫 직업이 춤 선생이었던 남자가 있는데, 그는 청춘이 왕성하던 시기에 이미 형이상학적 천재성이 있는 것이 무심결에 드러났다. 알아차리기가 거의 불가능한 그의 교활한 술수에 속아넘어가는 사람이 없도록 경고해야만 한다고 느낀 그의 반대자들이 그가 춤 선생이라는 직업을 택했다는 실수를 어떻게 이용했는지는 여러분도 상상이 갈 것이다. 그는 춤을 가르쳐 먹고살았으니 춤 수업을 포기할 수 없었고, 형이상학은 밥에 치는 소금만큼도 도움이 되지 않았다. 데이비드 포*와 제과업도 마찬가지였다. 어릴 적 데이비드는 브리그퍼드 인근 마을에서 가장 으리으리한 저택의 집사로 일하는 숙부에게 귀여움을 받았는데, 그 찬란한 도시의 디저트 가게들이 어느 날

---

* 포(Faux)라는 성은 모조, 가짜를 의미하며 여우(Fox)를 연상시킨다.

그 어린 상상에 불을 지핀 것도 바로 이 숙부를 만나러 가는 길에서였다. 디저트 장수는 눈으로 보기에도 더없이 아름다울 뿐 아니라 입으로 먹기에도 최고인 것을 만들어내고 시장 같은 사람도 개인적 여흥을 위해 디저트 장수에게 늘 주문을 잔뜩 할 것이 틀림없으므로 가장 행복한 동시에 가장 중요한 인간임이 분명하다는 기분 좋은 환상을 데이비드는 고이 간직했다. 그랬기에 이제 너도 직업을 가져야 한다고 아버지가 잘라 말했을 때 데이비드는 순간의 망설임도 없이 이 업계를 선택했다. 단것을 좋아하는 입맛이 유발한 경솔함으로 돌이킬 수 없이 제과 일에 스스로를 묶어버렸다. 그러나 단것에 대한 탐닉은 얼마 가지 않아 사라지고 그의 입맛은 무덤덤해지고 말았다. 그사이 데이비드의 사고는 확장되었고 야망은 새로운 형태를 띠었는데, 그 야망은 청춘의 열정으로 선택한 디저트 업계에서는 좀처럼 이루기 어려운 것이었다. 그러나 데이비드가 포기할 수 있었겠는가? 그는 정신 활동이 왕성한 청년이었고 무엇보다 계략을 꾸미는 영혼을 타고났다. 그렇긴 해도 그의 능력은 사탕과 설탕 절임, 페이스트리가 아닌 다른 방면에서는 두각을 나타내지 않았다. 사고의 모든 가지에서 일어나는 추론 과정의 독자성에 대해, 또는 산뜻한 정신으로 사안에 접근하는 것의 이점에 대해 뭐라고 말하든 밀가루에 맞춰 버터를 조정하고 페이스트리에 따라 열을 맞추는 일은 총리실 입성을 위한 최선의 준비가 될 수 *없다*. 게다가 불완전하게 조직된 작금의 사회에는 사회적 장벽이 존재한다. 데이비드는 드롭케이크* 형태로 유쾌한 뭔가를 창조할 수 있었고 설탕에 관해서라면 누구보다 폭넓은 견해를 지니고 있었다. 그러나 다른 방면으로는 지식도 없고 실질적 기술도 없어서 앞이 꽉 막혀 있는 게 분명했다. 그리고 세상은 너무나도 불편하게 짜여 있기에 자신이 선량한 사내라고 어렴풋이 의식하는 것만으로는 어느 업계에서도 성공이 보장되지 않는다.

이러한 어려움은 도제 교육이 끝나기 전부터 데이비드 포를 매섭게 짓눌렀다. 데이비드의 영혼은 괄목할 존재가 되어야만 한다는 조급한 생각으로 부풀었다. 다른 남자들처럼 좁은 운명을 견디는 것은 있을

---

* 반죽을 팬에 툭툭 떨어뜨려 비스킷처럼 작게 구운 야회용 케이크.

수 없는 일이었다. 평범함을 받아들여도 된다는 생각을 그는 경멸했다. 자신은 어느 면에서도 평범하지 않다고 확신했다. 세탁 일을 하는 티비츠 부인 같은 사람조차 이를 감지했고 그래서인지 그의 속옷을 다른 사람 것보다 좋아하는 듯했다. 그 무렵 그는 진저브레드에 넣을 견과류 무게를 달고 있었으나 그런 비정상이 지속되어서는 안 되었다. 몸 편하고 정신 흐뭇한 최고의 지위가 아니고서야 어떤 자리도 데이비드 포에게 어울릴 수 없었다. 현시대에 태어나 대학이라는 편의를 누렸다면 그는 분명 문학에 빠져 비평을 썼을 것이다. 그러나 데이비드가 받은 교육은 넉넉지 않았다. 그는 근처 순회 도서관에서 소설책을 빌려 읽었고 '잉클과 야리코'* 이야기책은 사기도 했다. 가엾은 잉클 씨가 무척이나 측은하게 느껴지는 이야기였다. 그

---

* 아름다운 아메리카 원주민 여성 야리코가 런던에서 바다를 건너온 상인 청년 토머스 잉클의 목숨을 구해주고 사랑에 빠졌으나 잉클은 야리코를 바베이도스에서 노예로 팔아버리는 것으로 끝나는 이야기. 야리코의 이야기는 17세기에 바베이도스로 건너간 영국인 리처드 라이곤이 기록한 실제 사연이지만 영국인 남성의 이름은 미상이었는데 18세기 영국 수필가 리처드 스틸이 이 남성에게 잉클이라는 이름을 붙이고 이들의 이야기를 《스펙테이터》에 소개했다. 그후 이 이야기는 여러 차례 각색되어 무대에서 상연되었다.

러니 그의 견해는 문필업에 필요한 수준에 못 미치지 않는다고 할 수도 있었지만, 철자법과 어법이 지나치게 파격적이었다.

본국에서 적절히 인정받거나 안락한 지위를 얻지 못한 사람의 사고는 자연스레 이국땅으로 향한다. 데이비드의 생각은 안색이 창백하고 입술은 없다시피 얇고 머리카락은 짧고 억센 젊은 신사를 뜨거운 환대로 받아줄 나라를 찾아 자신이 아는 지리의 최극단 가장자리를 맴돌았다. 미국이라는 나라는 인구 대다수가 흑인이라는 대강의 생각을 품고 있던 그에게 그곳은 일단 백인이라는 광범위하고도 쉽게 인식되는 이점을 지닌 이주자가 성공을 거둘 가능성이 가장 높은 목적지로 보였다. 이런 생각이 점점 더 그를 사로잡았고, 그 힘이 얼마나 강력했던지 악마는 기회를 놓치지 않고 스승의 가게 계산대에서 약간의 돈을 챙기면 보다 넉넉한 형편으로 이주할 수 있으리라는 생각을 그에게 불어넣었다. 그러나 확신하건대 상황 판단력이 한참 과대평가된 이 악령은 이 일에 시간을 된통 낭비했다. 이 일로 인해 벌어질 수 있는 결과가 스승이 상심하는 것 하나뿐이라는 확신만 있었다면 데이비드는 당연히 스승의 돈을 얼마간 챙기고 좋아했을 것이다. 그러나 데이비드는 신중한 청년이었고 자신의 안위를 위태롭게 할 일은 결코 할 생각이 없었다. 그리하여 그는 도제 과정을 끝까지 마쳤고 이주 계획은 훗날 기회가 있을 때까지 보류하기로 했다. 또한 들킬 가능성이 조금이라도 있는 부정직한 행동은 절대 하지 않았다. 데이비드가 계획을 실천으로 옮긴 사정은 이러했다. 일이 주쯤 자기 몫의 가족 재산을 축내며 집에 있던 그는 자신에게 적잖이 중요한 어떤 사실을 확인하는 데 여가 시간을 썼다. 그 중요한 사실이란 그의 어머니가 자식들이 아기 때 입었던 속옷을 두는 서랍에 약간의 기니 금화를 숨겨놓았다는 것이었다. 지난 20년간, 아들 데이비드가 걸음마를 뗐을 무렵부터 줄곧 간직해온 돈이었다. 그 시절 데이비드에게서는 오 다리가 될 낌새가 살짝 보였고 이는 아주 실현되지 않은 것은 아니었다. 아버지 포는 *자신에게* 사업 자금을 기대해서는 안 된다고 아들에게 대놓고 말했다. 아들이 일곱이나 되는 데다 그중 하나는 무척 건강하고 발육 좋은 바보라 지름 20센티미터짜리 빵떡을 매일 먹어치웠으니, 아버지가 죽었을 때 한 사람당

100기니씩만 받아도 다행인 수준이었다. 사정이 이런데 데이비드가 어쩌겠는가? 어머니의 돈을 가져간다는 것은 그로서도 분명 괴로운 일이었다. 그러나 당장 돈을 마련할 다른 방도가 보이지 않았고, 그처럼 뛰어난 청년이 겪지 않아도 될 불편을 감내할 것을 기대해서는 안 되었다. 게다가 어머니 소유의 재산을 가져가는 것은 도둑질이 되지 않는다. 어머니는 고발할 리가 없으니. 또한 데이비드는 어머니 앞에서 품행이 매우 방정했다. 자신을 말로 추켜세우고, 또래 청년들이 악행을 저지르는 것을 봤지만 자신은 그런 데 절대 빠지지 않겠노라 약속하고, 자신은 정직함을 특히 좋아한다고 확언하며 어머니를 안심시켰다. 어머니가 이 고결한 성품에 대한 보상으로 자신의 돈 20기니를 데이비드에게 췄더라면 그는 정말이지 어머니의 돈을 훔치지 않았을 것이며 거북함을 느낄 필요도 없었을 것이다. 마음이 껄끄럽기는 했으나 데이비드처럼 왕성한 정신의 소유자는 창의력을 발휘하는 즐거움을 모르지 않았다. (처브*의 특허받은 자물쇠와는 조금도 닮은

* 1818년 찰스 처브가 특허를 낸 자물쇠.

구석이 없는) 어머니의 단순한 열쇠 돌기를 훔쳐본 후 똑같이 작동하는 열쇠를 하나 더 장만하는 것은 꽤 흥미진진한 일이었다. 의심받을 일을 피하고 아버지가 죽었을 때 받게 될 100기니를 박탈당할 위험도 없도록 작은 소동을 꾸미는 일도 그랬다. 그럴 리야 없겠지만 '인도'에서 큰돈을 벌지 *못하면* 그 돈도 꽤 아쉬울 터이니.

우선 데이비드는 조만간 리버풀로 가서 배를 타고 미국에 가겠다는 뜻을 아낌없이 말하고 다녔다. 이 결단은 선량한 어머니에게 다소 괴로움을 안겼다. 바보 제이컵 이후로 막내 데이비드만큼 마음에 걸리는 아들이 없었기 때문이었다. 다음으로 데이비드는 제이컵과 목동을 제외한 모두가 교회에 가 있는 일요일 오후야말로 어머니의 기니 금화를 유용하고 싶은 아들에게 둘도 없이 좋은 기회라는 판단을 내렸다. 그런 목적을 이루라고 신의 뜻으로 흔쾌히 계획된 때가 틀림없다는 생각마저 들려고 했다. 사순절 세 번째 일요일이 특히 그랬다. 제이컵이 이따금 떠나는 방랑에 나선 지 이틀째였던 것이다. 소심한 청년 데이비드는 쇠스랑을 쥐고 돌아다니는 것이 일상인 우람한 유명 인사 제이컵을 향해 적잖은 공포심과 혐오감을 품고 있었다.

그래서 이 일요일 오후에 데이비드는 자신이 어릴 적부터 마음을 불태워온 어여쁜 샐리를 딸로 둔 런 씨네 집에 차를 마시러 가기로 했다는 핑계를 대고 교회를 빠졌다. 예배 보러 가는 사람들이 충분히 멀어졌을 때 나무 상자에서 기니 금화를 빼내 작은 천 가방에 슬쩍 집어넣는 것보다 쉬운 일은 없었다. 목동을 불러 자기는 나간다고 하고, 일요일이므로 이 집 저 집 돌아다니는 부랑자들이 들이닥칠 수도 있으니 집을 좀 봐달라고 하는 것 또한 더할 나위 없이 쉬웠다. 작은 덤불에 가서 미리 파놓은 구덩이에 가방을 묻어 오래되고 속이 빈 물푸레나무 뿌리 아래에 숨기는 것 역시 간단한 일이라고 데이비드는 생각했다. 실제로 그는 한순간도 애먹지 않고 구덩이를 찾아 덮어둔 흙을 치웠다. 그런데 가방을 살살 내려놓으려던 차에 웬 우람한 몸이 우렁찬 외침 비슷한 것과 함께 부스럭거리며 그를 향해 다가왔다. 계략을 꾸미는 재능을 타고난 신사로서 당연하게도 오직 예상한 일에만 대비가 되어 있는 데이비드는 화들짝 놀란 나머지 가방을 살살 내려놓는 대신 툭 떨어뜨리고 말았고 그 바람에 가방은 여몄던 것이 풀려 반짝이는 기니 금화를 토해냈다. 바로 그 순간 고개를 들자 친애하는 제이컵 형이 쇠스랑을 들고 매끈하게 빛나는 꼬챙이를 제 몸보다 90센티미터 튀어나온 위치에, 데이비드에게서는 30센티미터 정도 떨어진 위치에 둔 채 다가와 있는 모습이 보였다. (내가 언젠가 이 이야기를 다른 사람에게 들려줬는데, 그 말을 들은 박식한 친구는 데이비드 자신이 느낀 죄책감 때문에 그 꼬챙이가 무시무시해 보인 것이며 '양심에 거리낄 것이 없는 정신'이었다면 쇠스랑에서 공포스러운 기운을 느끼지 않았을 거라는 의견을 내놓았다. 귀중한 의견이라 생각해, 이름을 밝히지 않는 조건으로 그의 허락을 받아 인용한다.) 그럼에도 데이비드는 침착함을 완전히 잃지는 않았다. 그랬으면 바닥에 주저앉거나 뒷걸음질 쳤을 것이다. 하지만 그는 자리를 지켰고 제이컵을 향해 미소 지었다. 제이컵은 고개를 위아래로 끄덕이며 "야하, 제이비!"라고, 쓰라리도록 모호한 어조로 말했다. 데이비드의 심장은 소리가 귀에 들릴 만큼 쿵쿵거렸고, 만약 있었다면 입술도 새하얗게 질렸을 것이다. 그러나 그의 정신 활동은 마비되기는커녕 촉진되었다. 속으로는 '아, 딱 한 번만 살려주세요, 다시는 위험한 짓 안 할게요!' 따위의 기도를 올리면서 (심하게 겁에 질릴 때마다 데이비드는 항상 기도를 했다) 주머니에 손을 찔러넣어 노란 로젠지 사탕 통을 찾았다. 자부심 있는 미인의 마음을, 콕 집어 말하자면 아름다운 세라 룬 아가씨를 달랠 방책으로, 휴대할 수 있는 다른 귀한 간식들과 더불어 브리그퍼드에서 가져온 것이었다. 지금까지는 그런 귀한 간식을 불쌍한 제이컵에게 준 적이 한 번도 없었다. 데이비드는 보상을 기대할 수 없는 사람을 기쁘게 하려고 젤리와 보리엿을 낭비하는 청년이 아니었다. 그러나 어떻게 나올지 속을 알 수 없는 데다 쇠스랑까지 들고 있는 바보 역시 루이 나폴레옹*에게 하듯 알랑방귀를 뀌어 회유해야 하는 존재다. 그래서 데이비드는 기지와 민첩함을 발휘해 노란 로젠지 사탕 통을 꺼내 뚜껑을 연 다음 입과 손가락으로 사랑하는 제이컵 형을 봐서 반갑다는 뜻을 내비치는 무언극을 펼쳤다. 그리고 기회를

* 나폴레옹 1세의 조카로 프랑스 제2공화정에서 1848년에 4년 임기의 대통령으로 당선되었으나 1851년 친위 쿠데타와 1852년 국민투표를 거쳐 제정을 부활시키고 황제로 즉위했다.

놓치지 않고 제이컵 입맛에 특히 잘 맞을 작은 선물을 내놓았다. 사실 제이컵은 심한 바보는 아니어서, 좋은 것을 택하고 나쁜 것을 물리치는 방법을 어느 정도까지는 알았다. 제이컵은 시험 삼아 로젠지 사탕 하나를 집어 철학자라도 되는 양 진지하게 빨아 먹었다. 그러고는 그 새롭고 복합적인 풍미 앞에 트린쿨로의 술을 맛본 칼리반*처럼 막대한 황홀감을 느꼈다. 그는 껄껄 웃으며, 갑자기 인심이 후해진 동생을 쓰다듬었다. 그리고 더 달라고 손을 내밀었다. 그는 성이 났을 때가 아니면 난폭하게 굴지 않았고 공연히 남의 것을 뺏는 법도 없었다. 데이비드의 용기는 절반의 보상을 받았고 이제 그는 기도를 멈췄다. 로젠지 사탕 여남은 개를 제이컵의 손바닥에 쏟아주고 형을 매우 좋아하는 것처럼 보이려고 애썼다. 오후에 샐리 런* 양을 보러 갈 계획을 세워둔 자신이, 그래서 이렇게 마음을 달랠 귀한 간식을 챙겨온 자신이 자랑스러웠다. 확실히 나란 녀석은 운 하나는 기가 막히다니까. 사실 신이 늘 다른 도제보다 자신을 더 아끼는 것 같기는 했다. 방

* 셰익스피어의 희곡 『템페스트』 속 장면.
** 차와 같이 먹는 작은 빵 이름이기도 하다.

해꾼이 있을 *운명*이었다면 그래, 다른 사람보다는 바보에게 들키는 편이 나았다. 살면서 처음으로, 데이비드는 바보의 장점을 알겠다고 생각했다.

제이컵으로 말하자면, 쇠스랑을 땅에 찔러넣고 그 옆에 풀썩 주저앉아서는 한꺼번에 로젠지 사탕 다섯 개를 물고 있다는 전례 없는 기쁨에 완전히 굴복해 눈을 끔벅이며 혀가 만족했을 때 나오는 알 수 없는 소리를 냈다. 제이컵은 아직 기니 금화의 존재를 알아차린 것 같지는 않았지만, 앉으면서 넓적한 오른손을 그 위에 얹은 뒤 입에서 느껴지는 감각에 푹 빠져 자기도 모르게 그 자세를 유지하고 있었다. 제이컵이 그렇게 계속 로젠지 사탕에 정신이 팔려 기니 금화를 못 보는 사이 그 금화를 덮을 수만 있다면! 이것이 데이비드가 바라는 가장 안전한 길이었다. 제이컵은 어머니의 기니 금화가 어떻게 생겼는지 알았다. 특별한 날에 허락을 맡아 이 번듯한 금화를 들여다보고 상자째 동전을 달그락거리는 것은 이 집 아이들이라면 다 해본 경험이었고, 제이컵의 좁은 돈 관련 경험 가운데 이는 십중팔구 가장 기억에 남는 것일 터였다.

"이거 봐, 제이컵 형." 데이비드가 교묘하게 꾀는

어조로 말하며 통을 건넸다. "이거 전부 형 줄게. 이제 도망가! 빨리! 안 그러면 다른 사람이 와서 뺏어 갈 거야."

바보의 심리를 연구한 적은 없는 데이비드는 그들이 가상의 공포에 반응하지 않는다는 것을 몰랐다. 제이컵은 왼손으로 통을 받았지만 도망칠 필요가 있다는 생각은 하지 못했다. 어머니의 기니 금화를 유용해 큰돈 벌 밑천을 마련하려던 전도유망한 청년이 이런 악몽 같은 일에 가로막힌 적이 있는가? 그러나 제이컵이 양철통 뚜껑을 빼려고 오른손을 움직일 순간은 반드시 올 것이었고 데이비드는 그때 최고로 능숙하고 또 재빠르게 기니 금화를 구덩이에 쓸어넣은 다음 곧장 그 자리를 깔고 앉을 것이었다. 아, 아니다! 바보를 상대할 때는 앞일을 예측해봤자 소용이 없다. 상대는 계산이 통하지 않는다. 제이컵의 오른손은 물건을 멍하니 움켜쥐었다가 던지는 습관이 있었다. 그 손이 느닷없이 기니 금화를 조약돌 뭉치 쥐듯 움켜쥐었다. 그러고는 멀리 있는 야생딸기나무 위로 금화를 씨앗처럼 흩뿌릴 기세로 올라왔다가, 평소와 다른 어떤 감각의 자극인지 무엇인지로 인해 멈추고 제이컵의 무릎으로 내려와 제이컵의 흐리멍덩한 시선 아래에서 천천히 벌어졌다. 데이비드는 다시 기도를 올리려다 가 곧바로 그만뒀다. 다른 수가 떠오른 것이었다.

"어머니! 지니!" 아무것도 모르는 제이컵이 외쳤다. 그러고는 데이비드 쪽을 보고 캐묻듯 말했다. "통?"

"쉿! 쉿!" 데이비드가 이 심각한 난국에서 창의력 을 있는 대로 끌어모으며 말했다. "봐, 제이컵 형!" 데 이비드는 형의 손에서 양철통을 가져와 로젠지 사탕 을 몽땅 꺼내 절반을 제이컵에게 돌려주고 나머지는 자기 손에 감췄다. 그리고 빈 통을 내밀며 말했다. "통 여기 있어, 제이컵 형! 기니 금화 담는 통이야!" 그러 면서 제이컵 손에 있던 기니 금화를 통에다 살살 쓸어 담았다.

이런 과정은 제이컵도 불쾌하게 여기지 않았다. 오 히려 기니 금화가 떨어지면서 아주 경쾌하게 짤그랑 거렸기에 그 소리가 계속 났으면 싶어 통을 쥐고 신 나게 달그락거리기 시작했다. 기회를 잡은 데이비드 는 남겨둔 로젠지 사탕을 땅에 묻고 황급히 흙을 쓸어 그 자리를 덮었다. "봐, 제이컵 형!" 마침내 그가 말했 다. 제이컵은 짤그랑거리던 것을 멈추고 구덩이 안을 들여다봤고, 데이비드는 확신은 없지만 무언가를 기대하는 듯한 태도로 흙을 쓱쓱 치웠다. 로젠지 사탕이 드러나자 데이비드는 사탕을 하나씩 꺼내 제이컵에게 줬다.

"쉿!" 데이비드가 속삭임치고는 큰 소리로 말했다. "아무한테도 말하지 마, 전부 형 거니까, 쉬이이잇! 기니 금화를 구덩이에 넣으면, 이렇게 변하는 거야!" 더 똑똑히 가르쳐주고자 데이비드는 기니 금화를 집은 손을 구덩이 안으로 내렸다. "*이렇게* 넣어." 이어서 마지막 남은 로젠지 사탕을 꺼냈다. "그럼 *이렇게* 나와." 그러고는 넙죽 열린 제이컵의 입에 사탕을 넣어줬다.

제이컵은 한쪽으로 고개를 돌려 생각에 잠긴 원숭이처럼 먼저 동생을, 이어서 구덩이를 보더니 마침내 기니 금화가 든 통을 구덩이에 결연하게 내려놓았다. 데이비드는 서둘러 흩어진 동전을 마지막 하나까지 모아 뚜껑을 닫고 흙으로 잘 덮었다. 그리고 최선을 다해 구슬리는 목소리로 말했다.

"이건 내일 꺼내, 제이컵 형. 전부 형 거야! 쉬이이잇!"

지금껏 무심하게 지내온 동생을 돌연 달콤한 집착의 대상으로 보게 된 제이컵이 데이비드가 가진 제일 좋은 코트를 끈적거리는 손가락으로 쓰다듬었고, 이어서 평소 한층 온화한 열정을 표현하는 방식인 껄껄과 꼴꼴이 섞인 소리를 내며 동생을 안아줬다. 그러나 제이컵이 이 인심 후한 동생의 뺨에서 살점을 조금 물어뜯는 쪽을 택했다 해도 데이비드는 참지 않을 수 없었을 것이다.

여기서 잠시 멈춰야겠다. 인간이 꾸민 계략이 얼마나 근시안적인지를 지적하기 위함이다. 이 창의적인 청년 데이비드 포는 노란 로젠지 사탕의 맛으로 형의 미숙한 정신에 장단을 맞춰 기발한 승리를 거뒀다고 생각했다. 그러나 본인부터가 정 많은 성격이 아닌데 바보의 애정을 받게 되는 것은 끔찍한 일이라는 사실을 그는 아직 모르고 있었다. 쇠스랑을 든 바보라면 더더욱 그렇다. 거칠게 취급해 떼어내기도 어려운 친구 아닌가.

기니 금화를 땅에 묻는다니 영리한 청년이 세운 것치고는 서툰 계략처럼 보일 수도 있겠다. 그러나 모든 일이 데이비드의 계산대로 흘러갔다면 이 계획이 그의 재능에 걸맞은 것이었음을 여러분도 확인했으리라. 도둑을 맞았다는 사실이 드러나는 사이에도 기니 금화는 흙 속에 안전하게 묻혀 있었을 것이고, 데이비드는 저 스스로마저 결백하다고 생각될 만큼 침착한 태도로, 기니 금화 때문에 슬퍼하는 사랑하는 어머니에게 작별을 고하길 주저하며 집에서 미적거렸을 것이다. 그러다 출발하기 전날에야 비로소, 철저히 혼자일 때 금화를 파내 거추장스러운 혹 없이 혼자서 가져갔을 것이다. 그러나 여러분도 알아차렸다시피 데이비드는 자신의 적을 계산에 넣지 않았다. 더 정확히 말하자면, 자기 바보 형을 계산에서 빠뜨린 것이다. 이 항목의 성질이 이토록 불확실하게 요동치니, 눈부신 선견지명으로 미래를 편안히 여긴 발자크 소설*의 기민한 주인공들이라도 당황하지 않았을까 싶다.

이제 앞에 놓인 대안은 하나뿐임이 데이비드에게도 명백했다. 어머니의 서랍에 다시 조용히 가져다 놓음으로써(이 방법 또한 어려움이 따르지 않는 것은 아니

---

* 빅토리아 시대 영국 평론가들은 대개 프랑스 소설가 오노레 드 발자크를 도덕관념을 타락시키는 작가로 비판했으나 엘리엇은 자신이 편집을 맡은 잡지 《웨스트민스터 리뷰》에서 발자크를 옹호한 바 있다.

다) 기니 금화를 포기하거나, 아니면 기니 금화를 챙겨 내일 아침 일찍 말도 없이 출발함으로써 의심 이상의 무언가를 남기고 떠나야만 했다. 떠난다고 알리면 어머니가 한사코 기니 금화 상자를 가져와 전부터 아들 몫으로 약속해둔 금화 세 개를 꺼내줄 것임을 데이비드는 알았다. 실은 이런 식으로 자신은 결백해 보일 상황에서 도둑이 들었음이 밝혀지게 하는 것이 데이비드의 원래 계획이었다. 그러나 지금은, 내가 설명할 필요도 없겠지만, 이 잘 짜인 계획이 완전히 좌절되고 말았다. 데이비드가 평생 로젠지 사탕을 주기로 하고 제이컵을 매수할 수 있었다고 해도 바보의 비밀 유지는 그 자체가 배반이다. 데이비드는 런 씨네 집에 차를 마시러 갈 엄두를 내지 못했다. 그랬다가는 제이컵에게서 눈을 떼게 되고, 로젠지 사탕을 얼른 얻고 싶어 안달이 난 제이컵이 데이비드가 없는 동안 통을 도로 파내 집으로 가져갈 수도 있었다. 그러면 데이비드는 평판과 기니 금화를 동시에 빼앗기게 된다. 안 되지! 오늘이 가기 전에는 제이컵을 달래서 장난질을 막는 것 외에 다른 생각은 해선 안 되었다. 데이비드의 저녁은 피곤하고 초조했다. 그렇게 신경을 곤두세

우고도 엄지손가락과 엄지발가락에 줄을 묶어 중간중간 잠에서 깰 수 있게 해놓지 않고서는 잠을 잘 엄두가 나지 않았다. 동이 트자마자 일어나 아침식사 시간이 되기 전에 멀리 떠날 작정이었다. 아버지에게는 틀림없이 의절당하겠다 싶었지만, 그게 뭐 어떻단 말인가? 데이비드처럼 빼어난 청년은 서인도 제도에서도 좋은 평판을 얻을 게 분명했다. 이국땅에는 언제나 기회가 있다. 고양이에게조차. 야리코 같은 공주가 그와 결혼하고 싶어서 알이 굵은 보석부터 선물하는 것도 있을 법한 이야기였다. 그러나 선물을 받고 난 다음 그가 내키지 않으면 꼭 결혼하지 않아도 되었다. 데이비드는 자신을 아끼는 사람의 소유물이라도 더는 도둑질하지 않겠다고 굳게 결심했다. 형제 때문에 현장에서 발각될 가능성이 있는 세계에서 돈을 모을 방법으로는 불편한 방식이었다. 그렇게 경계하는 것은 데이비드의 체질에도 맞지 않았고, 이번 저녁에도 속이 어찌나 메스꺼웠던지 틀림없이 간에 영향이 갔을 것 같았다. 게다가 세상 사람들에게 존경받지 못하는 것은 그에게 큰 상처가 될 것이었다. 대단한 인물이 되겠다고, 최고의 자리와 최고의 음식을 누려 마땅한 사람으로 보이겠다고 늘 생각해온 데이비드였다.

자신에게 약속된 밝은 미래를 이렇게까지 곱씹던 데이비드는 신호용으로 묶어둔 줄의 힘으로 경계 태세를 유지하며, 자리에서 일어나 출발할 첫새벽을 기다렸다. 형제들도 물론 일찍 일어나겠지만 적어도 한 시간 반은 있어야 나올 테고, 데이비드가 가끔만 와서 혼자 쓰는 작은방은 창문 아래에 말 탈 때 쓰는 발판이 있었으므로 창문으로 슬쩍 빠져나가는 데 전혀 어려움이 없을 것이었다. 제이컵, 이 지긋지긋한 제이컵은 자기 먹으라고 '마침 준비되어 있는' 우유 대접을 비워 허기를 끊겠다고 가족 누구보다 먼저 일어나는 곤란한 재주가 있었다. 그러나 근래 제이컵은 건초 창고에서 자는 버릇이 생겼고 집에 들어온다고 해도 데이비드가 집을 빠져나갈 곳 반대편에 있을 것이었다. 제이컵에게는 신경 쓸 필요가 없었다. 그럼에도 데이비드는 너그러이 제이컵에게 저주를 선사했다. 그가 아무런 보답도 바라지 않고 선사하는 유일한 무언가였다. 작은 옷 꾸러미는 미리 싸놨으니, 곧 사뿐히 발판을 딛고, 곧 깔끔한 걸음으로 밭을 가로질러 덤불로 가면 되었다. 통을 꺼내는 데는 2분도 걸리지 않을 것이었다. 덤불 속 새벽빛이 어슴푸레하긴 해도 아래에 통을 묻은 나무는 껍질이 벗겨져 허옇게 드러난 긴 자국으로 알아볼 수 있었다. 그런데, 시커멓게 탄 페이스트리의 이름으로 묻겠는데, 그 물푸레나무 밑동 근처에서 땅에 꽂힌 지팡이를 옆에 두고 있는 저 우람한 몸뚱이는 도대체 무엇이란 말인가? 데이비드는 멈칫했지만 그 허깨비의 정체를 판정하기 위해서는 아니었다. 그 지팡이가 제이컵의 쇠스랑인지 의심하는 행복은 잠깐도 누리지 못했다. 멈칫한 것은 충분히 사탕발림하는 어조로 형을 대하는 데 필요한 자제력을 모으기 위함이었다. 제이컵은 흙을 긁어내느라 여념이 없어 데이비드가 다가가는 소리를 듣지 못했다.

"저기, 제이컵 형." 데이비드가 작지 않게 속삭인 바로 그 순간 양철통이 구덩이 밖으로 올라왔다.

시선을 든 제이컵이 달콤한 동생을 알아보고 고개를 끄덕이며 어슴푸레한 가운데 히죽 웃는 모습은 데이비드의 눈에 득의양양한 악마로 보였다. 데이비드가 충동적인 성품이었으면 땅에 박힌 쇠스랑을 잡아채 형제라고 있는 이 악마를 찔렀을 것이다. 그러나 데이비드는 결코 충동적이지 않았다. 그는 결과를 계산하는 경향이 강한 청년이었다. 예로부터 미덕의 근간이라 여겨지는 습관이다. 그러나 어째서인지 데이비드에게 나타난 효과가 꼭 그렇지는 않았다. 그는 어떤 행동이 자신에게 해가 될지 아니면 오직 남에게만 해가 될지를 계산했다. 전자라면 자신의 즉각적인 욕망을 충족하는 데 무척 소심했지만 후자라면 퍽 대담하게 결과를 감수했다.

"*나한테* 줘, 제이컵 형." 데이비드가 몸을 숙이며 형을 토닥였다. "같이 보자."

뚜껑이 다소 꽉 닫혀 있다 생각했던 제이컵은 동생을 철석같이 믿고 통을 건넸다. 데이비드가 뚜껑을 열어보고 고개를 젓는 동시에 제이컵은 손가락을 집어넣어 기니 금화를 꺼내서는 그것이 로젠지 사탕으로 완전히 또 만족스럽게 변했는지 맛을 봤다.

"아니야, 제이컵 형. 너무 일러. 너무 급했다." 기니 금화가 제이컵의 입에 닿았을 때 데이비드가 말했다. "나한테 줘. 어디 다른 데 가서 묻어두자. 저쪽에 묻는 거야." 그는 이렇게 말하며 멀찍한 곳을 대충 가리켰다.

데이비드는 뚜껑을 돌려 닫았고 침울한 얼굴이 된

제이컵은 몸을 일으켜 쇠스랑을 잡았다. 이어서 데이비드의 꾸러미를 보고 과하게 거들먹대는 뉴펀들랜드 개처럼 그 꾸러미를 휙 잡아채더니 자기 쇠스랑에 꽂아 의기양양하게 어깨에 걸치고 덤불에서 꺼낸 통과 데이비드를 따라왔다.

대체 데이비드가 어떻게 해야 한단 말인가? 제이컵을 노려보고 걷어찬 다음 저리 가라고 했으면 간단했을 것이다. 그러나 데이비드에게 그것은 감히 황소를 걷어차는 것과 같았다. 제이컵은 자기 하고 싶은 대로 하게 내버려두기만 하면 조용했다. 그러나 화난 기색을 약간이라도 보이면 다루기 어려워졌고, 벌컥 터져 나오는 분노에 휘둘려 쇠스랑 없이도 무시무시한 존재가 될 것이었다. 친절하거나 교활하게 구는 것 외에 제이컵을 통제할 수 있는 방법은 없었다. 데이비드는 교활한 수를 시도했다.

"저기 가봐, 제이컵 형." 두 사람이 덤불을 벗어났을 때 데이비드가 집을 가리키며 말했다. "가서 삽 좀 가져와줘, 삽 말이야. 꾸러미는 *나* 주고." 그는 뒷말을 덧붙이며 쇠스랑에 걸린 꾸러미를 잡으려 했으나 꾸러미는 제이컵의 껑충한 어깨보다도 높이 걸려 있었다.

그러나 제이컵이 그 말에 선뜻 따르는 것보다는 말벌이 설탕 단지에서 나오는 게 빠를 것이었다. 제이컵은 데이비드 가까이 있으면 로젠지 사탕과 가까이 있는 기분이었다. 그는 껄껄 웃으며 동생의 등을 쓸었고 꾸러미는 손과 더 멀어지게 높이 휘둘렀다. 데이비드는 속으로 앓는 소리를 내며 전략을 바꿔 최대한 빨리 걸어갔다. 미적거리는 것은 안전하지 않았다. 제이컵은 따라오다 싫증을 낼 것이고, 그러면 여하간 따돌릴 수 있을 것이었다. 일단 멀리 떨어진 대로까지 가면 손님 태우는 마차가 나타날 테고, 그보다 먼저 어떤 천재적인 수로 제 꾸러미를 도로 챙긴 데이비드가 그 마차에 오르면 제이컵은 울부짖으면서 쇠스랑으로 내키는 만큼 야단을 피우면 될 것이었다. 그러는 동안에는 이 괴물 거인을 친절하게 대해주고 길가 여관에 들렀을 때 아침을 푸짐하게 먹여야만 했다. 두 사람이 하루를 시작한 지 어느덧 세 시간째였고 데이비드는 피곤했다. 조만간 도착하는 마차는 없나요? 그는 물었다. 앞으로 두 시간 동안은 마차가 오지 않을 거라고 했다. 그래도 옆마을로 가는 짐마차는 금방 올 것이었다. 꾸러미는 두고서라도 슬쩍 빠져서 제이컵 없이 그 마차에 오를 수만 있다면! 그러나 새로운 방해물이 있었다. 제이컵은 동생이 입은 외투의 한쪽 뒷주머니에 사탕 자투리 조각이 있다는 것을 막 알아차린 참이었고, 길게든 짧게든 시간이 지나면 사탕이 더 나타날 것이라고 기대하는지 그 뒤로 줄곧 그쪽 옷자락을 조심스레 붙잡고 있었다. 코트를 입어본 사람이라면 코트 뒷자락이 붙들려 있을 때 서둘러 자리를 뜨는 것을 삼가게 되는 심정을 이해하리라. 데이비드는 처음 보는 사람들에게 좋은 평판을 얻고 싶어 했는데, 코트 뒷자락이 한쪽만 덜렁 남아 있으면 차질이 생길지도 몰랐다.

식은땀이 나는 것이 느껴졌다. 더는 걸을 수 없었다. 제이컵을 달고 짐마차에 타야만 했다. 얼마 지나지 않아 기운 나는 생각이 떠올랐다. 아침을 그렇게 푸짐하게 먹고 나면 제이컵은 분명 짐마차에서 잠이 들 것이다. 데이비드가 즉시 꾸러미를 챙기고 짐마차에서 뛰어내려 자유를 찾을 작정임이 여러분에게도 바로 보이리라. 데이비드의 기대는 일부만 실현되었다. 제이컵은 짐마차에서 잠이 들기는 했으나 자세가 기묘했다. 사랑하는 동생의 몸을 팔로 단단히 감싸 조이고 있던 것이다. 행여 데이비드가 움직이려 하면 옥죄는 힘은 정 넘치는 보아뱀의 완력처럼 더 단단해졌다.

"요 바보가 그쪽을 참 좋아하는구먼요." 짐꾼이 말했다. 데이비드가 다정한 동생이겠거니 생각하고 칭찬을 건네려던 것이었다.

데이비드는 끙 소리를 냈다. 도둑질의 길은 쾌적하지 않았다. 아, 왜 바보 형이 있는 것인지! 아, 왜 세상은 대체로 어머니의 기니 금화를 편히 취할 수도 없게 짜여 있는 것인지! 데이비드는 음울한 사색에 빠졌다.

제이컵이 정오에 먹은 점심은 푸짐했지만, 입맛 없는 데이비드의 점심은 조촐했다. 그는 본인이 먹는 대신 제이컵에게 맥주를 들이부었다. 이렇게 후하게 베푸는 데 희망이 있다고 본 것이다. 제이컵은 드디어 데이비드에게 팔을 두르지 *않은* 채 잠에 곯아떨어졌고, 데이비드는 값을 치르고 꾸러미를 챙겨 떠났다. 반 시간 뒤에는 득의양양한 악한의 미소를 지으며 마차에 올라 리버풀로 향했다. 제이컵을 떼어냈으니, 이제 행선지는 어수룩한 공주가 기다리는 서인도 제도였다. 앞으로는 절대 도둑질을 하지 않을 것이었고 그럴 필요도 없을 것이었다. 대접받아 마땅한 모습을 보여 사람들이 알아서 선물을 내놓게 할 것이었다. 아버지의 유산은 포기해야만 했다. 그따위 푼돈을 다시 원할 리도 없겠지만. 설사 그 돈이 아쉬워진다고 해도, 아, 가족과 영영 갈라섬으로써 데이비드의 소심한 초록 눈에는 고르곤*이나 데모고르곤*보다 더 끔찍한 존재로 보였던 제이컵과도 갈라섰다고 생각하면 보상이 되었다. 하늘이시여, 감사합니다, 더는 제이컵을 보지 않아도 된다니!

* 고대 그리스 신화에 나오는 괴물. 머리카락이 뱀으로 되어 있는 세 자매이며, 이 괴물을 보는 사람은 돌로 변한다.
⁑ 지하 세계의 신.

2

그림워스 시장의 빈 점포가 담황색 크라바트[*]를 두른 낯빛이 누런 외지인에게 임대되었다는 소문이 퍼진 것은 데이비드 포가 서인도 제도로 떠난 지 6년이 다 됐을 때였다. 이 외지인의 첫 등장에, 그가 마차를 부른 울팩 술집은 다소 들뜬 분위기가 되었다.

안목 있는 사람이 보기에 그림워스는 가게를 차리기 좋은 곳이었다. 일단 이곳에는 경쟁이 없었다. 국교도들이 다니는 식료품점과 직물점이 따로 있었고 비국교도가 다니는 곳이 따로 있었다. 두세 곳의 푸줏간은 종교적 신념을 엄밀히 따지지 않고 고기를 잘 사주는 고객들을 확보했다. 다만 교구 목사 부인이 송아

[*] 목에 감아 묶는 남성용 스카프.

지 췌장과 양 콩팥을 정기 주문했고, 침례교 목사 로드 씨가 다른 손님들이 원하는 물건을 정당히 구하는 데 영향이 가지 않는 선에서 자기 몫의 양 족발을 따로 빼놓아달라고 부탁하기는 했다. 게다가 이 동네는 더 커질 가능성이 있었다. 제퍼나이아 크립트 씨가 남긴 자선기금의 신탁 관리인들이 위원들의 최근 방문에 자극받아 오래도록 쌓여 있던 기금을 노란 코트 학교* 재건에 쓰기 시작했던 것이다. 이후 재건은 규모를 대폭 확장해 진행될 예정이었는데, 유언자가 교육 내용에 대해서는 어떤 제약도 두지 않고 오로지 코트에만 신경을 썼기 때문이었다.

그림워스의 상인들은 오랫동안 알아온 손님들을 상대로 수익을 꼼꼼히 계산하며 조용히 장사하는 것을 좋아하는 실용적인 사람들이었으므로 앞으로 주민이 늘고 거래가 많아졌을 때 생길 이점을 두고 의견이 전혀 일치하지 않았다. 지금까지 그림워스 교구에 살아온 가족들은 앞서 아버지와 어머니가 물건을 샀던 가게에서 설탕과 수건을 사는 것을 영예롭게 여겼

---

* 영국 자선학교가 학생들에게 파란 옷을 지급해 '파란 코트 학교'라 불리기까지 했던 것을 장난스레 언급한 것으로 보인다.

다. 그러나 새로 온 상인이 엎치락뒤치락 경쟁하는 영업 체계를 도입하고 또 부채처럼 주름을 접고 인조 꽃을 얹어 인위적인 매력을 더한(대체 어느 사람 몸에 걸친 드레스가 부채처럼 주름이 접힐 것이며 어느 여자의 머리가 과꽃 다발 같겠는가?) 드레스로 여성의 눈길을 잡아끈다면, 또는 새로 생긴 식료품 가게가 대비와 가격표로 사람들을 유혹하는 건포도와 설탕을 산더미처럼 쌓아 진열장을 채운다면, 한번 마을에 소개된 떠돌이 쇼핑 정신이 결국 장사는 박리다매로 이뤄지고 유행은 어디보다 새롭고 온갖 상품을 저렴하게 살 수 있는 캐틀턴처럼 시장이 크게 서는 마을로 그림워스에서 가장 유력한 가문마저 이끌지 않으리란 보장이 어디 있겠는가?

당대 그림워스의 장인들 사이에서는 이런 관점이 지배적이었으니 얼굴 누런 외지인이 빈 점포에서 준비하는 장사의 성격을 확실히 알 수 없는 상황에서는 자연히 덜 낙관적인 이들의 우려에 힘이 실렸다. 직물을 판다면 낯빛이 그렇게 파리한 사내는 염료가 빠져 빨래통을 물들이는 날염 면과 모슬린, 뭉친 곳투성이인 싸구려 아마포, 얼마 못 가 거즈 꼴이 될 수건처럼 필시 겉으로만 화려하고 질이 떨어지는 물건을 팔겠지. 식료품을 판다면 어느 가정의 어머니도 처음 보는 식료품점의 찻잎을 믿고 덜컥 그것을 사들이는 우를 범하면 안 되리라. 업자들이 명함을 챙겨 여기저기 다니며 호객을 했던 탓에 일부 교구에는 이런 이야기가 퍼져 있었다. 어딘지도 모를 곳에서 온 사람이 무슨 일을 할지 알 길이 있겠는가. 경매인 겸 중개인이었던 모펏 씨가 사업 이어받을 사람 없이 세상을 뜬 것이 참으로 유감이었다. 클리브 부인의 신탁 관리인이 외지인에게 점포를 임대할 만큼 어리석지 않아야 했건만. 건물에 오븐이 설치되고, 지금껏 그림워스에는 알려진 바 없었던 디저트와 페이스트리 장사에 필요한 장비가 실제로 점포에 갖춰지는 것을 보고서도 민심의 추는 좀처럼 신참에게 호의적인 쪽으로 기울지 않았다. 울팩의 주인 여자는 그가 무척 영리한 청년 같았고 본인 짐작으로는 집안도 좋은 것 같았다며, 아마 어지간한 사람보다 나을 성싶다고 따뜻하게 감싸긴 했다만.

어느 맑은 아침 새 가게의 덧문이 걷히고 창문 두 칸이 진열된 것들을 선보였을 때 그 빛깔과 색채는 분

명 눈부셨다. 시장에 별안간 무지개가 내려앉은 것만
같았다. 한쪽에서는 지방이 고루 퍼진 살을 둘둘 말아
놓은 고기의 알록달록한 색조가 선명한 잎사귀의 초
록빛과 윤기 자르르한 파이의 담갈색, 반투명 유리에
담긴 소스와 병조림 과일의 풍부한 색과 균형을 이뤘
다. 이 모든 것이 한데 모인 광경은 네덜란드 화가의
눈에 눈물이 고이게 할 만했다. 다른 한쪽에서는 로젠
지를 비롯한 각종 사탕과 스위트비스킷과 아이싱이
수북해 분홍색, 하얀색, 노란색 그리고 담황색처럼 한
층 섬세한 색조가 두드러졌으니, 성격 나쁜 사람에게
는 터너*의 최신 화풍으로 그려진 몽환적인 풍경에 어
렵지 않게 섞여들 것처럼 보였으리라. 그림워스 아이
들 눈앞에 이런 장관이 펼쳐지다니! 식욕이 온통 상상
속 알사탕에 쏠린 아이들은 그날 점심 먹는 것조차 잊
을 뻔했다. 생각건대 시장 간이 무대에서 펀치와 주디
인형극**을 했어도 이 가게 진열장에서 아이들을 떼어
놓지는 못했을 듯싶다. 아이들은 덩치와 힘에 따른 순

---

* 18~19세기에 활동한 영국 화가 조지프 말러드 윌리엄 터너.
** 영국에서 17세기부터 공연되었다고 하는 인형극으로 폭력적인
  남편 펀치와 아내 주디가 등장한다.

서로 서 있었다. 제일 크고 힘도 센 아이들이 창에 제일 가까이 붙었고, 작은 아이들은 가장자리 줄에서 먹이 때를 맞이한 작은 새들처럼 휘둥그레한 눈과 헤벌쭉한 입을 유리 진열장 위쪽을 향해 쳐들고 있었다.

나이 많은 주민들은 보존도 안 되는 상품에 투자하는 위험을 무릅쓴 신참 상인의 어리석음에 조금 혀를 찼다. 크리스마스가 다가오고 있기는 했으나, 그림워스의 어느 주부가 집에서 만든 것이 아닌 요리를 식탁에 차려놓고 부끄럽게 생각하지 않겠는가? 아니, 안 될 일이다. 그런 조건에서 그림워스의 돈이 제 주머니로 흘러들어오기를 기대했다면 에드워드 프릴리 씨라고 자신을 소개한 이 남자는 크게 낭패를 본 것이고 말고.

에드워드 프릴리라는 이름은 새 가게의 문간 위에서 남색 바탕에 금박 글자로 빛났다. 인심이 넉넉할 것만 같은, 진열장 밖에 선 조그만 사람들 사이로 새로운 만나*를 선사하듯 기쁜 마음으로 설탕 입힌 아몬드를 뿌렸을 솔직하고 씀씀이 헤픈 옛 희극 주인공

* 이집트에서 탈출해 가나안으로 돌아가느라 광야를 지나던 이스라엘의 아이들에게 내려온 기적의 음식.

에게 어울릴 법한 이름이었다.[*] 그러나 에드워드 프릴리는 충동을 적절히 복속시킨 남자였다. 사탕과 페이스트리를 향한 욕망은 반드시 돈을 내는 능력과 정비례해 충족되어야 한다고 그는 생각했다. 그림워스에서 제일 작은 꼬마가 그 조그마한 주먹에 반 페니 동전을 쥐고 오면 반 페니 동전이 진짜인지 확인한 다음 정확히 그 값에 맞는 '돌'을 내놓았을 것이다. 그는 아무리 작은 꼬마라 해도 속여먹을 사람이 아니었다. 스스로도 이런 말을 자주 했고 동시에 자신은 정직함을 대단히 중시하며 비록 다른 사람들처럼 감정을 드러내지는 않을지언정 인정도 무척 많은 사람이라고 밝혔다.

이런 미덕에 대한 보상인지 보다 비밀스러운 어떤 연쇄 법칙에 따른 것인지 프릴리 씨의 사업은 선입견에 굴하지 않고 호의적인 비호를 받으며 시작되었다. 교회에 품위 있게 얼굴을 비친 새 교구 주민은 격려해야 옳다고 생각한 교구 목사의 아내 챌로너 부인이 초반부터 가게의 손님이 되어주었다. 게다가 부인이 보

---

[*] 프릴리(Freely)에는 후하고 아낌없다는 의미와 자유롭게 알아서 한다는 의미가 있다.

기에 프릴리 씨는 누구보다 정중하며 친절한 청년인데다 디저트 장수치고 놀랍도록 똑똑했다. 설탕을 고를 때 도움이 되는 요령을 알려주면서 다른 업자들이 얼마나 부정직한지 열성적으로 설명해준 것을 보면 소신도 분명했다. 심지어 서인도 제도에 간 적도 있어 부인의 가엾은 조부가 소유했던 바로 그 저택을 보고 오기도 했다. 프릴리 씨가 말하기로 흑인들이 불만을 품는 것은 오로지 선교사들 때문이었다. 확실히 관찰력 좋은 청년이었다. 챌로너 부인은 와인 넣은 비스킷과 올리브를 주문했고, 이 가게가 생겨 자신이 무척 편해졌다는 점을 프릴리 씨에게 확실히 전했다. 의사의 부인도 그랬고 대형 양모 공장의 게이트 부인도 그랬는데 고위급 인맥을 손님으로 곧잘 초대하는 게이트 부인은 라타피아*와 마카롱을 많이 소비할 것으로 기대해도 좋았다.

이보다는 덜 귀족적인 그림워스의 중년 부인들은 초반만 해도 드롭케이크를 직접 만들지 않고 사는 데 소득의 일부를 들일 일은, 또는 이웃이 저녁 먹으러

* 당밀을 증류하고 과일로 향을 낸 농축액 라타피아를 가미한 비스킷이나 케이크.

올 때 살림이 넉넉한 것처럼 허장성세하려고 말아서 묶어놓은 고기 조각을 구입하는 일은 절대 없으리라는 남편들의 믿음이 옳았음을 증명할 것만 같았다. 그러나 그림워스의 예의범절이 미개의 단순성에서 멀어져 차츰 타락한 이야기를 들려주는 것이 내 맡은 바임무다. 이렇게 진행되던 타락을 끝내 단속한 몰락 또는 훌륭한 반전이 기다리고 있다는 가능성에 기운이 솟지 않았더라면 우울한 임무였으리라.

유혹에 가장 먼저 굴복한 사람은 수의사의 젊은 아내 스틴 부인이었다. 그 부인은 자기 분수에 비해 다소 과한 교육을 받은 게 문제였다. 그녀는 『랄라 루크』*, 『해적』, 『코린트 공성전』*의 많은 구절을 외웠는데 그 결과 집안일을 혐오하게 되었고, 스틴 씨가 결혼 이후 '나이팅게일'에는 깡그리 흥미를 잃고 상스러운 이웃을 상대로 말에게 생기는 비절내종의 성질을 논하는 쪽을 공공연히 선호하는가 하면 푸딩에 물기가 많다고 화를 내는 모습을 보고 실망해 시들어갔

* 동방을 배경으로 한 18~19세기 아일랜드 시인 토머스 무어의 작품.
* 『해적』과 『코린트 공성전』 둘 다 이슬람 세계와 그리스를 두루 여행한 18~19세기 영국 시인 조지 고든 바이런의 작품이다.

다. 그녀의 남편은 점심때면 배고프다고 들어오는 것이 영락없이 목 긴 장화를 신은[*] '수의사'로, 자기 인종을 향한 순전한 경멸로 인해 해적이 된 귀족이나 초승달 상징을 지니고 터번을 두른 배교자와는 조금도 닮은 구석이 없었다. 성마른 기질이 튀어나올 때가 아니라면 말이다. 목이 긴 장화를 신는 사람에게 경멸이란 참으로 다른 의미를 지닌다!

이 무도한 남자는 크리스마스이브가 다가오자 아내에게 저녁 만찬을 차리라고 요구했다. 민스파이가 식탁에 올라오기를 바란다면서. 스틴 부인은 민스미트[*]를 준비하고 버터와 고운 밀가루 그리고 수고를 잔뜩 들여 그날 오전에 파이를 한 번 만들었지만, 오븐에서 나온 파이가 어찌나 질척하던지 저녁 식탁에 오른 파이가 남편 눈에 띄는 순간을 상상하자 몸이 떨렸다. 그녀는 남편의 불호령이 떨어질 게 뻔하다고 생각했다. 그것도 같이 있는 사람들 앞에서. 그러면 자

---

[*] 비나 진흙으로부터 발과 다리를 보호하기 위해 장화를 신는 것을 드러냄으로써 스틴 부인의 남편이 실용성과 안전성을 중시했음을 알려준다.
[*] 다진 사과와 건과일에 술과 향신료를 넣은 파이 소. 미리 만들어 1년까지도 숙성시켜 사용한다.

신은 울지 않을 도리가 없을 것이다. 그 지경에 이르렀다고 생각하니 너무나 끔찍했다. 나이팅게일과 그 모든 것은 어쩌고! 불현듯 *이번만* 프릴리네 가게에서 민스파이를 주문해도 되지 않겠냐는 생각이 그녀의 머릿속을 쏜살같이 관통했다. 그 파이를 판다는 것은 알고 있었다. 하지만 질척한 민스파이 열여덟 개는 어떻게 하고? 아, 그런 생각이 무슨 소용인가. 그걸 다시 만들려면 돈이 얼마인데. 사실 민스파이는 한 번에 잘 구워지지 않는 이상 만드는 것 자체에 비용이 많이 들었다. 다 만들어진 파이를 사는 편이 훨씬 나았다. 돈은 조금 더 쓰겠지만 못 먹고 버릴 염려가 없었다.

그릇된 길로 이끌린 이 젊은 여성은 바로 이런 궤변을 내세워…… 이만하면 됐다. 스틴 부인은 민스파이를 주문했고, 비통한 마음으로 덧붙이자면, 이 사실을 남편에게 숨기고자 가계부를 조작했다. 이는 어느 젊은 여성이 자신의 환경과 조화를 이루지 못하고 배교자와 나이팅게일을 갈망하면서도 민스파이를 좋아하는 수의사의 요구에 예속되어 있다는 데서 모든 것이 비롯된 내리막길의 두 번째 단계였다. 세 번째 단계는 민스파이를 가게에서 샀다는 사실을 가까운 친구인 몰 부인에게 말함으로써 뻔뻔해지는 것이었다.
몰 부인은 그 사실을 이미 짐작하고 있었고 이어서
'남들'도 다 그렇게 한다는 생각에 직접 솜씨를 발휘
하는 대신 젤리 한 판을 사 먹는 쪽으로 스스로를 몰
아갔다. 감염은 번졌다. 얼마 지나지 않아 그림워스에
는 '프릴리네 가게에서 사 먹는' 사람들의 모임이랄
까 파벌이랄까가 생겼다. 한동안은 이 사실을 까맣게
몰랐던 여러 남편들은 아무것도 모른 채 자기가 번 돈
을 고스란히 주고 사 온 타르트를 두 입 만에 꿀꺽 삼
켜버렸고, 아무것도 모른 채 그 페이스트리를 칭찬함
으로써 사랑하는 동반자의 가슴에 치명적인 부정직
함이 자라나게 했다. 한결 예리한 사람들도 빨래하는
날이 너무 잦아지고 더 맛있는 양념소고기로 저녁이
뚝딱 차려지는 것을 눈감아줬다. 그러면 과거에 그만
하면 괜찮다고 생각했던 다 식은 남은 음식을 먹는 것
보다 입이 즐거웠으니. 한 번이라도 '프릴리네 가게
에서 사 먹은' 주부는 이웃도 비슷한 비행을 행하고
있음을 감지하고 은밀한 기쁨을 느꼈다. 오래지 않아
옛 방식을 고수하는 안주인 두세 명만이 날로 심해지
는 풍기 문란에 대항해 버티고 있었다. 그런 여자들은

같이 식사하러 온 이웃에게 이렇게 말했다. "프릴리네 소고기나 프릴리네 치즈케이크는 못 드려요. 우리집 음식은 전부 직접 만들거든요. 이렇게 밋밋한 페이스트리가 입맛에 안 맞을까 봐 걱정이네요." 담당 요리사가 시원찮은 의사도, 담당 요리사를 두지 않는 부목사도, 잘 먹고 잘사는 광업 대리인마저도 훌륭한 즐길 거리를 내놓고 싶은 식사에서는 프릴리에게 점점 더 많이 의지하기 시작했다. 요컨대 더 화려한 음식을 제조하는 업무는 개별 가정의 하녀와 부인 손을 빠르게 떠나 특수한 상업 기관의 일이 되어가고 있었다.

이런 현상이 노동 분업화니 뭐니 하는 불가피한 문명화 과정이라 불린다는 것을, 하녀와 부인이 요리에서 해방되었으니 무언가 다른 방식으로 사회의 부를 늘리게 되리라고들 하는 것을 모를 만큼 내가 무지하지는 않다. 다만 이번 일은 그림워스에서 일어났고, 이곳은 확실히 말하건대 미천한 곳이라 하녀와 부인이 자신들의 손을 요리보다 나은 일에 도통 쓸 수가 없었을 뿐이다. 허구한 날 질척한 파이와 질긴 페이스트리만 만든 이들조차도. 그랬기에 그림워스에서 진행된 문명화는 재산이 줄어드는 남성들과 한가로이

수다 떠는 여성들, 그리고 갈수록 번창하는 에드워드 프릴리의 모습으로만 나타날 뿐이었다.

노란 코트 학교는 타산적인 디저트 장수가 이중으로 수익을 낼 수 있는 곳이었다. 그가 새 학교 현장에 고용된 상급 노동자들 대상으로 식당을 열고, 고급 사탕 쪽에 심혈을 기울여 옛 학교 학생들의 요구를 충족했기 때문이다. 달콤한 백조를 비롯해 독창적인 하얀 형태들이 떠오르는 세대의 작은 치아 사이에서 와그작 씹히는 것을 생각하면, 골격이 제대로 형성되지 않은 이 어린 존재들에게 칼슘 든 음식이 좋다고 여겨졌다는 기억이 있어 기쁘다. 내가 본 바로 이런 귀한 간식은 《스펙테이터》와 연이 있고 담뱃대 줄기를 습관적으로 디저트 삼은 그 젊은 여성*에게 아주 매력적으로 비쳤을 자연에 없는 향이 났기 때문이다.

디저트 장수 본인으로 말하자면 처음에 맞닥뜨린 다소간의 반감에도 굴하지 않고, 자신이 파는 상품들과 마찬가지로 서서히 그림워스의 가정들로 들어갔다. 무슨 이유에선지 그를 손님으로 받는 일에는 그의

---

* 서빈 렌트프리라는 이름의 여성이 1712년 7월 15일자 《스펙테이터》에 파이프 담배를 피운 경험에 대해 쓴 글을 기고했다.

페이스트리를 구입하는 일과 마찬가지로 설명이 필요한 듯 보였다. 우선 그는 외지인이기 때문에 의심을 살 수밖에 없었다. 둘째로 제과업은 그림워스에서는 듣도 보도 못한 일이라 지위 계급에서 어디쯤 위치한다고 뚜렷하게 확인된 바가 없었다. 러프 씨나 프리티먼 씨처럼 그림워스 토박이 가족 출신으로 직물이나 식료품을 취급하는 사람이면 의혹을 품을 여지가 없었다. 이들은 자기 땅에서 농사짓는 팰프리네와 왕래하고, 의사와 곧잘 휘스트* 게임을 하고, 얼마 전부터 석탄도 취급하기 시작한 목재상에게는 살짝 거들먹거리고, 새 가구를 들였다. 그러나 디저트 장수에게 이렇듯 더 수준 높은 품위를 허락해야 할지 아니면 그를 푸줏간이나 빵집 주인과 어울릴 사람으로 여겨야 할지는 전통으로 설명되지 않는 새로운 질문이었다. 그가 총각이라는 사실은 그에게 유리하게 작용했고, 에드워드 프릴리의 다른 겉치레가 전적으로 시시했다 해도 그 사실만으로 추를 기울이는 데 부족함이 없을 수도 있었다. 하지만 그럴 것도 없이 그가 괄

* 네 명이 둘씩 편을 나눠 하는 카드 게임.

목할 만한 청년이라는 사실이 금방 드러났다. 그는 서인도 제도에 다녀왔고 바다와 육지에서 수많은 경이를 목격했기에, 기묘한 물고기, 그중에서도 괴물처럼 요리사 조수를 집어삼키려고 몸을 트는 순간 자신이 용감히 배에서 뛰어내려 간발의 차로 찔러버린 상어 이야기, 동서남북에서 동시에 바람이 불어오는 땅에서 앓았던 지독한 열병 이야기, 빵나무에서 바로 잘라 구워 먹는 토스트 이야기, 참게한테 물려서 뜯긴 발가락들 이야기, 세상 돌아가는 이치를 알고 그래서 열대지방에 특히나 필요한 사람으로서 막대한 존경을 받은 이야기, 자신이 떠난다는 소식에 애통하게 눈물지었던 크레올인 상속녀 이야기 같은 여러 이야기로 그림워스 데스데모나*들의 귀를 매료할 수 있었던 것이다. 우리도 알다시피 이런 대화 재주가 있으면 안색이 나쁜 것은 극복된다. 누구보다 건강한 분홍빛 볼에 짙은 구레나룻으로 균형을 맞춘 타워스네 젊은이는 낯빛 누런 프릴리 씨 앞에서 완전히 빛이 바랬다. 디저트 장수가 이토록 출중하게 업의 격을 높였으니 한가

---

* 셰익스피어의 희곡 『오셀로』에서 주인공 오셀로는 모험담으로 데스데모나를 매료시킨다.

한 이들의 가슴이 살짝 떨리는 것도 이상하지 않았다.

아버지와 어머니 들은 당연하게도 신참의 훌륭함을 인정하는 문제에서 한층 느리고 신중했다.

"재미있는 친구야." 대단히 점잖은 식료품 상인인 프리티먼 씨가 말했다. (프리티먼 부인의 결혼 전 성은 포더길이었고 자매는 런던의 비단 장수와 결혼했다.) "재미있는 친구지. 오이스터 클럽에 들어온다 해도 난 이의 없어. 근데 잘난 척을 즐기는 게 살짝 과하단 말이야. 유별날 정도로 아는 척하는 건 그렇다 쳐. 근데 서인도 제도까지는 어떻게 갔다는 건가? 여기에 답을 듣고 싶단 거야. 디저트 장수가 그러는 건 이치에 맞지 않으니. 바다 건너에 다녀왔는데 다녀온 경위를 확실히 설명하지 못하는 사람들은 마음에 들지 않아. 사람이 그렇게 먼 곳까지 가는 건 고향에서 별로 인정을 받지 못해서거든. 내 의견은 그래. 그 친구 럼주는 맛이 좋더라만. 아무리 그래도 그 친구랑 막역한 사이까진 되고 싶지 않아."

프릴리 씨가 그림워스에서 지내기 시작한 후 몇 달 동안 한층 성숙한 정신의 소유자들이 그의 자질을 분명히 보지 못하게 한 안개는 이런 유의 어렴풋한 의심이었다. 그러나 디저트 장수가 더는 새로운 인물이 아니게 되자 의심도 더는 새롭지 않았고, 사람들은 그런 의심을 내비치는 데 흥미를 잃었다. 그의 장사가 나날이 번창하고 영향력이 커지면서 의혹이 반박되는 듯하자 더더욱 그랬다. 프릴리 씨는 교구의 유력가가 되어갔다. 그는 타인의 고통을 감내하는 의지가 대단히 굳건해 빈민 감독관 역할에 능력을 보였는데 그 단호함은 본인 말로는 대단한 자비심에서 비롯된 것이라고 했다. 자신은 언제나 남에게 궁극적으로 도움이 되는 일을 한다는 것이었다. 챌로너 씨는 그를 목사 밑에서 일하는 교구 위원으로 뽑기까지 했다. 여러 일을 척척 해내는 데다 나이 많은 교구 주민들에 비하면 교회의 매사에 대해 자신과 의견이 훨씬 비슷했기 때문이었다. 프릴리 씨는 무척이나 바른 신도였지만 오이스터 클럽에서는 때때로 대화 중에 살짝 분방해지기도 했다. 서인도 제도에서 술탄과 같은 방종한 생활을 했음을 암시하는 수준을 넘어, 단조롭고 진부하게 느껴진 지 오래인 세상일에 대한 설교를 듣고 있기에 자신은 이미 너무 현명해졌다고 티를 내는 남자들의 버릇대로 이따금 고개를 가로젓고 제법 씁쓸한 미소를 짓는 것이었다.

한동안 그가 여성에게 보인 관심은 이성 대하는 것이 능숙한 남성의 정중한 태도와 자리에 없는 미인의 사람됨과 몸가짐을 향한 혹독한 비판을 결합한 지극히 일반적인 수준이었고, 이는 여성들의 가슴에서 외려 이토록 깐깐한 평가자를 정복해 인정을 받아내고야 말겠다는 욕망을 자극하는 경향이 있었다. 여성의 매력과 미덕이란 영역에서 최고라 하기에 모자람이 없어야 서인도 제도의 무성하고 찬란한 아름다움에 익숙해진 에드워드 프릴리 씨의 열정에 불을 붙일 수 있었다. 디저트 장수가 더 높은 신분의 사람에게서나 보일 법한 생각과 대화를 했다는 것이 믿기 어려워 보일 수 있겠으나, 그가 외국에 다녀온 것은 물론이고 오 다리와 누런 낯빛, 옹졸한 이목구비의 소유자로서 여성을 깐깐하게 평가하는 감식가로 자연의 인증을 받은 이였음을 명심해야 한다.

그러나 마침내 큐피드가 보통보다 날카로운 화살촉을 찾아 프릴리 씨의 심장을 꿰뚫은 모양이었다. 그림워스의 젊은이들은 너도나도 이 이야기를 했다. 그러나 그것이 야망이 아니라 진정 사랑이었을까? 목재상의 딸 폴리러브 양은 *자신이* 페니 펠프리였다면 분명 신중하게 굴었을 거라고 생각했다. 남자가 자신보다 한참 위에 있는 여자를 아내로 삼으려 하는 것은 좋은 징조가 아니었다. 프릴리 씨의 기묘한 관심을 끌고 그 깐깐함을 정복한 여자는 다름 아닌 퍼넬러피 펠프리, 자기 땅에서 농사짓는 펠프리네의 둘째 딸이었다. 이상한 일도 아니었다. 최고로 정교한 밀랍 인형이 보여주는 이데아에 그 누구보다 가까이 다가간 실제가 어여쁜 퍼넬러피라는 사람이었을 것이다. 사실 퍼넬러피의 노르스름한 아마빛 머리카락이 천연 곱슬은 아니었다. 하지만 그 탱탱하게 말린 밝은색 곱슬머리는 흠잡을 곳 없이 매끄러운 꼬마 대롱 같아 새끼손가락으로 빗어내리며 그 부드러운 탄력을 느껴보길 갈망하게 될 정도였다. 퍼넬러피는 그 머리를 어깨 길이로 짧게 자르고 다녔다. 사회가 더 건강했던 그 시절만 해도 젊은 여성들은 스물을 넘기고도 한참 동안이나 단발을 고수했는데 퍼넬러피는 아직 열아홉도 되지 않았으니. 밀랍으로 빚은 이데아처럼 그녀의 푸른 눈은 동그랬고 자그마한 코의 콧구멍도 동그랬으며 치아는 이데아가 행여 치아를 드러낸다면 보일 법한 모양이었다. 전체적으로 퍼넬러피는 자그마하고 둥글었으며 분홍과 하얀 꽃잎이 겹친 데이지처럼 단정하고 또 순박했다. 언니가 1년 반째 같은 입장인 상황에서 예쁜 열아홉 살 처녀가 애인을 만나 '약혼'하기를 바라는 것이 간특함의 증거가 되지 않기를 바란다. 타워스네 젊은이가 하루가 멀다고 이 집에 온 것은 사실이다. 그러나 페니는 그가 단지 오빠를 만나러 올 뿐이라고 확신했다. 자기에게는 말 한마디 붙인 적 없고 팔을 내준 적도 없었던 데다 최대한 어색하게 침묵을 지켰기 때문이다.

프릴리 씨가 교회에서 페니를 보고 일찌감치 그녀의 매력에 반한 것은 현실성 없는 이야기가 아니지만, 그가 이 가족과 더 가까이 교류하려면 사회에서 입지를 좀 다져야만 했다. 그림워스의 가정들 사이에서 평판이 좋아진 후에도 러프 씨네에서 우연히 만나는 것을 제외하고 페니와 말을 섞기까지는 한참이 걸렸다. 펠프리 가족이 사는 롱메도스에 초대받기란 쉬운 일이 아니었다. 지독한 온역*이 돌아 어쩔 수 없이 빚을

* 19세기 전반 스코틀랜드와 영국에서 유행한 가축 전염병.

지게 된 뒤로 제대로 재기하지 못한 펠프리 씨의 경제적 사정이 요즘 좋지 않은 것은 사실이었지만 그의 가족은 자신들이 왕래하며 지내는 오래된 장인들도 자기네보다는 수준이 낮다고 여겼다. 위대한 인물, 심지어 왕과 여왕이라 해도 누군가와는 왕래하고 지내야 하는 법이었으나 위대한 이들과 대등한 사람은 드물었다. 그림워스에는 더더욱 드물었다. 앞서 말했듯 이곳은 지명 사전에서도 경멸 조로 간결하게만 언급하는 미천한 교구였다. 이 교구에서 대단하다는 사람들도 같은 지위에 있는 이 나라의 다른 지역 사람들에 비하면 한참 뒤처졌다. 펠프리 씨의 농가 마당에 달린 문은 페인트칠이 다 벗겨져 있었고 앞마당 산책로는 보통의 잡초 더미에 섞여든 지 오래였다. 그럼에도 펠프리 씨의 아버지는 신사 펠프리라 불렸고 집에서 과음할 여력이 되는 남자로 그림워스의 지난 세대에게 존경받았다.

예쁜 페니는 프릴리 씨가 자신을 경애한다는 사실을 모르지 않았고 멋들어진 밸런타인데이 카드를 보낸 사람도 프릴리 씨일 거라고 확신했다. 그러나 언니가 프릴리 씨를 너무나도 하찮게 여겼으므로(젊은 숙녀라면 자기가 약혼하지 않은 신사는 하찮게 여기는 법이다) 페니는 그의 이야기를 꺼낼 엄두를 내지 못했고, 언니와 함께 있을 때 그를 마주치면 밸런타인데이 카드를 생각하고 몸을 떨며 얼굴을 붉혔다. 의미가 무척이나 강하게 표현되어 있어 그 내용을 외우고 있다는 사실이 페니로서는 죄스럽게 여겨지는 카드였다. 서인도 제도에 다녀와서 바다에 그토록 훤한 남자라니, 페니 눈에는 로빈슨 크루소나 쿡 선장*에 견줄 만한 유명인 같았다. 페니는 기숙 학교에 1년간 다니는 동안 불멸의 위인들을 익히게 해준 맹널의 문제집**에 실릴 만큼 비범한 명사가 남편이길 늘 바랐다. 다만 비범한 남자가 디저트와 페이스트리 장수라는 것은 이상해 보였고, 이러한 비정상에 페니는 꿈자리가 뒤숭숭했다. 오빠들이 말을 잘 타지 못하는 남자를 비웃고 양복쟁이라 부르는 것을 페니는 알았다. 그러나 오빠들은 무척이나 거친 부류로, 프릴리 씨를 함께 있기 즐거운 사람으로 만들어주는 일화의 힘을 전혀 지

---

* 뉴질랜드와 오스트레일리아, 태평양 제도의 해도를 제작하고 남극 가까이 항해해 가기도 했던 18세기 영국 해군 제임스 쿡.
** 영국 요크셔의 학교 교장이었던 리치멀 맹널이 1800년 청소년을 위해 발간한 문제집.

니고 있지 않았다. 프릴리 씨는 아주 훌륭한 남자라고 페니는 생각했다. 어느 날 러프 씨네에서 그가 삶에서 어떤 신분에 놓이든 본분을 다하기를 늘 소망했다고 말하는 것을 들은 적이 있었기 때문이다. 게다가 프릴리 씨는 시도 많이 알았다. 하루는 어떤 노래의 한 구절을 옮기기도 했다. 페니는 그가 밸런타인데이 카드에 쓴 글도 직업 지은 걸까 궁금했다! 노래는 이렇게 끝났다.

"그대 없으면 삶이 고통이요
그대 있으면 죽음이 달콤할지라"

가엾은 프릴리 씨! 아버지는 십중팔구 반대할 것이다. 페니는 아버지가 반대할 게 틀림없다고 확신했다. 아버지는 항상 프릴리 씨를 "그 알사탕 파는 녀석"이라고 불렀다. 아, 얼마나 잔인한 일인가. 진정한 사랑이 이런 식으로 좌절되다니, 그것도 오로지 프릴리 씨가 디저트 장수라는 이유만으로. 어쨌거나 이 모두에도 불구하고 페니는 프릴리 씨에게 진실할 것이었고, 그가 디저트 장수라는 사실 덕에 자신의 신의를 보여줄 기회가 생겼으니 다행이었다. 에드워드 프릴리라는 이름도 예뻤다. 존 타워스보다는 훨씬 나았다. 전에 타워스네 젊은이가 얼굴을 잔뜩 붉히며 상의 옷깃의 플라워 홀에 꽂아둔 장미를 건넨 적이 있었으나 페니는 거절했다. 그러고는 자신의 마음이 이렇게나 단호하다는 것을 알면 프릴리 씨가 얼마나 안심할지를 기쁜 마음으로 생각했다.

가엾은 페니! 가축들이 풀을 뜯는 농장에서 데이지 사이에 있으면 하루는 너무나 길고 생각은 너무나도 바빴다. 어떻게 내면의 드라마가 외부에서 펼쳐질 기회를 잡지 못할 수 있는가? 나는 교육을 훨씬 잘 받았고 문학과 수준 높은 자수는 물론이요 유익한 수업으로 다양해진 외부 세계를 누리면서도 페니처럼 자기만의 상상 속 기쁨과 슬픔의 고치를 짓는 젊은 여성들을 알았다. 페니와 달리 거만한 미인이며 더 세속적인 야망을 품은 언니 러티샤는 자기를 만나러 캐틀턴에서 온 양모 도매상과 약혼했다. 이따금 이륜 경마차를 몰기도 하는 양모 도매상의 지위가 높다는 것은 누구나 아는 사실이었다. 레티의 생각은 나날이 고상해졌고 페니는 도도한 언니 앞에서 자신이 간직한 슬픔을 이야기할 엄두를 내지 못했다. 프릴리 씨네 가게에 들러서 감초 사탕을 사면 어떻겠냐는 말도 차마 꺼내지 못했다. 목이 조금 따갑다며 그런 일이 일어날 여지를 만들어두긴 했지만. 페니는 시장 맞은편에서 그 가게를 지나치며 탄식을 억누른 채 저 분홍과 하양 유리병 뒤의 누군가가 자신과 그녀를 갈라놓는 작은 틈을 알아차리지 못한 채 그녀에게 애정을 품고 있음을 생각해야만 했다.

일이 한가할 때면 프릴리 씨가 페니 생각을 많이 하는 것도 사실이었다. 그는 페니의 예쁜 외모가 디저트계에서 가장 사랑스러운 제품에 견줄 만하다고 생각했고, 페니의 기질이 고분고분해 흑인 여자처럼 시중을 잘 들어줄 것이며 자신이 음식의 간이 안 맞다고 성질을 부리면 아무 말도 하지 못하고 겁만 먹으리라고 판단했다. 게다가 혼기 찬 딸들을 데리고 있는 집안 중 팰프리 가족은 교구에서 가히 최고라 할 만했다. 여러모로 보아 페니는 에드워드 프릴리의 부인이 될 만했고, 그녀의 마음을 얻으려면 얼마간 창의력이 필요하리란 점에서 더더욱 그랬다. 팰프리 씨는 딸에게 구혼하겠답시고 성급하게 나서는 이에게 채찍을 휘두를 수도 있는 사람이었던 데다 훤칠한 아들이 셋이나 있었다. 그런 가족을 상대하는 구혼자가 불리하다는 것은 명백했다. 여행 경험과 타고난 수완으로 그런 난관을 상쇄할 계략의 힘을 지닌 사람이라면 모를까. 이 문제와 관련해 그에게 가장 먼저 떠오른 생각은, 프릴리네가 훨씬 지체 높은 가문이란 것을 알면 팰프리 씨의 반대가 약해지리란 것이었다. 프릴리 일가 중 요크셔에 영지를 보유한 사람이 있다는 사실을 지금껏 숨기고 해군 제독인 종조부의 초상화를 가족 초상화를 걸어야 할 자리, 그러니까 응접실 벽난로 선반 위에 걸지 않고 넣어뒀다니 어리석은 겸손이었다. 이제 잘 보이는 곳에 자리 잡은 바스 훈장 2등급 수훈자 프릴리 제독은 팔도 하나, 눈도 하나뿐인 모습으로 영웅 넬슨*과 비슷했던 한편 종손자와의 차이도 흐릿하고 사소해 한 핏줄이라는 것이 확실히 보였다.

이어서 프릴리 씨는 팰프리 부인의 머릿고기 요리법을 얻어내고야 말겠다는 억누를 수 없는 야심에 사로잡혔다. 심부름꾼 소년을 시켜 부인에게 보낸 알랑

* 영국의 유명 해군 제독 허레이쇼 넬슨.

대는 편지로 전했다시피 부인의 요리법이 자기 방식보다 뛰어나다고 모두가 입을 모아 단언했던 것이다. 팰프리 부인의 요리 솜씨가 뛰어난 것은 여느 천재들과 마찬가지로 규칙보다는 본능의 소산이었고 요리법은 따로 없었다. 실상 부인은 책을 보고 피클을 절이는 사람은 저울과 자로 피클을 절일 것이 분명하다며 정해진 요리법을 따르는 사람과 그런 허튼소리를 경멸했다. 부인 자신으로 말하자면, 그녀의 저울과 자는 손가락 끝과 혀끝이었다. 더 자세히 말하자면, 당연히 밀가루와 향신료 같은 건조 제품은 한 줌과 한 꼬집으로 재고 액체류에는 중간 크기 주전자를 쓰면 되었다. 찻잔 하나 분량이 얼마나 되는지는 감각만 발휘하면 알 수 있고 중간 크기 주전자 다섯 개 분량은 1갤런임을 확실히 알 수 있으니, 양이 많든 적든 이런 주전자가 최적이었다. 이런 유의 지식은 티치아노*의 색감 같아서 말로 전하기 어려웠다. 게다가 한때 눈이 부시도록 당당하고 아름다웠던 팰프리 부인은 이제 다소 통통해진 데다 천식 기운까지 생겨 집을 나서는

* 16세기 베네치아 화가 티치아노 베첼리오.

일이 드물었으므로, 롱메도스를 제외하면 그녀가 말로 가르침을 전할 수 있는 곳은 거의 없다시피 했다. 중년 부인이라 해도 아부에 무감하지는 않았으니, 자신의 이야기를 듣는 것이 큰 목표인 손님의 방문 가능성은 팰프리 부인에게 매력이 없지 않았다. 프릴리 씨의 정중한 부탁에 답으로 보낼 요리법이 없었으므로 부인은 두 딸 가운데 상대적으로 더 순종적인 페니를 불러, 언제든 프릴리 씨가 롱메도스에 오면 이 어머니도 그를 만나 머릿고기에 관해 대화를 나누고 싶다고 전하는 편지를 쓰게 했다. 페니는 떨리는 손으로 그 말에 따랐다. 세상살이가 얼마나 멋지게 돌아가는지 생각하면서.

이렇게 해서 프릴리 씨는 팰프리 씨네 집에 발을 들였다. 그 집안의 남자들은 그를 보며 "수척"하고 다리가 휘었다며 야유하는 경향이 있었지만, 프릴리 씨는 이내 자주 와도 되는 손님으로 입지를 구축했다. 타워스네 젊은이는 일요일에 그 집에서 마주칠 때마다 점점 더 혐오스럽다는 듯 프릴리 씨를 바라봤다. 그는 한 마리 족제비처럼, 그 귀한 동물이 망설임 없이 힘차게 달려들 법한 해충과도 같은 남자의 비밀을 캐내려는 은밀한 갈망을 품고 있었다. 그러나 부모란 존재는 때때로 눈이 어두울 수도 있는지라, 청춘의 혈색이 시들어버린 그런 지위 미심쩍은 상인에게 페니가 무슨 말을 하고 싶어 하리란 생각은 팰프리 씨도 팰프리 부인도 미처 하지 못했다. 타워스네 젊은이가 딸을 눈여겨보고 있으므로 언젠가 *그와 딸이* 짝을 이룰 가능성이 다분하다고만 생각했다. 그러나 지금 페니는 어린애였다. 이러는 내내 페니는 프릴리 씨가 자신에게 청혼하는 상황을 상상하고 있었다. 차를 마시기 전 정원에 갔을 때 줄지어 선 댐슨자두나무 아래에서 청혼을 할 수도 있을 테고, 편지로 할지도 모르지. 편지라면 어떻게 시작할까? "친애하는 퍼넬러피에게" 아니면 "친애하는 퍼넬러피 양"? 그것도 아니면 당황한 사람에게 제일 자연스러운 모양새로, 친애한다는 말도 없이 곧장 들어가려나? 그러나 프릴리 씨가 어떤 방식으로 청혼하든 페니는 아버지의 승낙이 떨어지지 않으면 받아들이지 않을 작정이었다. 프릴리 씨에게도 언제나 진실하겠지만 아버지의 뜻을 거스르지도 않을 것이므로. 페니는 그만큼 착한 여자아이였다. 훗날 프릴리 씨를 보고 본능적으로 반감이 들

지 않은 것이 페니의 흠이라는 의견을 친하게 지내는
여자 몇몇이 내놓기는 했지만.

그러나 프릴리 씨는 신중했고, 자신이 디디는 땅을
확실히 알기를 바랐다. 결혼관은 전적으로 감성적이
라기보다 교육에 막대한 돈을 들이기라도 한 것처럼
자기 정도 지위가 되는 남자에게 무엇이 유리할지를
숙고하는 면이 적절히 섞여 있었다. 그는 엉뚱한 데
서 사랑에 빠지는 남자가 아니었다. 그래서 페니에게
서 믿음을 얻어내는 일 못지않게 그 부모의 환심을 사
는 일에 공력을 들였다. 팰프리 부인은 아부를 받아들
이지 못하는 사람이 아니었고 그녀의 남편 역시 한낱
인간이니 바라건대 럼주의 유혹에 안 넘어가지는 않
을 것이었다. 게다가 그 럼주는 자메이카에서 물량이
들어오기를 프릴리 씨가 늘 기대하는 그 훌륭한 자메
이카산이었다. 은은한 뒷길 불빛이 영웅 제독의 이목
구비에 내려앉는 가게 뒤편 응접실로 팰프리 씨를 데
려오기가 쉽지는 않았다. 그러나 연인이 되고 싶은 이
남자는 어느 저녁 느지막이 그림워스에서 집으로 돌
아가려는 팰프리 씨를 붙잡아, 식은 채 먹는 음식으로
는 그의 입에도 팰프리 부인의 머릿고기 다음으로 최

고라 할 만한 돌돌 만 소고기를 저녁식사로 조금 들게 설득하는 데 성공했다.

그 시간부터 프릴리 씨는 성공을 확신했다. 아버지 뻘 되는 나이의 존경할 만한 남자와 단둘이 있으니, 또 자신은 세상에서 혼자였으니 여러 사람이 섞여 있는 자리에서 말할 수 없는 주제에 관해 조금이나마 터놓는 것은 그로서도 당연지사였다. 특히 자메이카에 있는 숙부가 남길 유산에 관해서라면 더더욱. 숙부는 자식이 없었고 조카 에드워드를 세상 누구보다 사랑했다. 조카가 자메이카를 떠난다는 소식을 듣고 몹시 서운하다며 의절하겠다고 으름장을 놓기는 했다. 그러나 그후 조카를 완전히 용서한다고 밝힌 서신을 보내왔고, 그래서 숙부가 생전에 돈을 내줄 성미가 아닌 괴벽스러운 노신사였음에도 에드워드 프릴리는 이 애정 가득한 숙부의 상속인이 누가 될지를 명명백백히 언명한 편지를 팰프리 씨에게 보여줄 수 있었다. 팰프리 씨는 편지를 실제로 봤고, 이토록 멋진 일이 기다리고 있는데도 제 행동이 달라질 일은 전혀 없다고 잘라 말하는 조카의 기상에 감탄하지 않을 수 없었다. 그는 여전히 자신의 소박한 사업을 일구고 거기에서 대단찮은 돈을 벌 것이었다. 자메이카의 저택이 그에게 떨어진다면, 그러라지. 프릴리 일가의 사람이 그에게 저택을 남기는 것은 일가가 지난 세월 동안 보유한 땅, 아니 노섬벌랜드 쪽에서는 지금도 보유하고 있는 땅을 생각하면 아주 놀라운 일도 아니었다. 팰프리씨가 럼주를 한 잔 더 들지 않았겠는가? 또 계좌의 작년 잔고를 보지 않았겠는가? 프릴리 씨는 개인의 미덕을 갖추는 데 관심을 두지 어떤 남자들처럼 가족을 내세워 뽐내는 사람이 아니었다.

거대한 리바이어던*도 일단 코에 갈고리를 꿰거나 턱에 굴레를 씌우면 쉽게 끌고 갈 수 있다는 것을 우리는 안다. 팰프리 씨는 우람한 남자였지만 리바이어던과 마찬가지로 덩치가 크다는 것은 일단 방향이 틀어지고 나면 자신에게 불리하게 작용했다. 그는 손바닥 뒤집듯 의견을 바꾸는 변덕스러운 사람이 아니었다. 그걸로 충분했다. 두 달이 안 되어 그는 프릴리 씨가 자기 딸 페니와 결혼해도 좋다고 승낙했다. 또한 그 승낙을 설명할 공식을 발견하고 본인이 품은 것을

* 성경에 나오는 바다 괴물.

포함해 모든 의혹과 이의를 물리쳤다. 공식이란 이러했다. "나는 어디로 이어지는지 알기 전에 입구에 코를 들이대는 사람이 아니다."

어린 페니는 무척이나 뿌듯하고 설레었지만, 약혼하면 그러리라 기대했던 것만큼 행복하다고는 할 수 없었다. 타워스네 젊은이가 이 일에 신경을 많이 쓰는지 궁금했다. 최근 들어 그의 발길이 뜸해졌기 때문이었다. 언니와 오빠들은 공감보다는 조소를 보내는 편이었다. 그림워스는 온통 이 소식으로 떠들썩했다. 남자들은 하나같이 프릴리 씨의 행운에 격찬을 퍼부었고, 여자들은 특유의 다정한 배려를 담아 결혼 생활이 형통하기를 빌어줬다.

일이 이렇게 성공에 이른 시점에 프릴리 씨는 어느 날 오전 식당에서 아침을 먹던 석공이 신문을 두고 간 것을 봤다. '모 지역의 관보'였는데, 프릴리 씨도 모르지 않은 행정구였으므로 호기심이 동해 쓱 훑었다. 특히 광고란을 흘긋했다. 읽는 동안 그의 얼굴은 살짝 상기되었다. 다음과 같은 소식에서 비롯된 홍조였다. "조너선 포의 아들로 길스브룩에 살았던 데이비드 포는 로덤에 있는 스트럿 변호사의 사무실에 연락하면 이득이 되는 소식을 들을 수 있을 것."

"아버지가 죽었잖아!" 프릴리 씨가 자기도 모르게
외쳤다. "나한테 유산을 남겼으려나?"

3

여러분의 기대와는 사뭇 다른 결과일지도 모르겠으나 우리의 데이비드 포는 서인도 제도에 다다른 지 불과 몇 년 만에 돌아왔으며 멀리 여행한 경험이라곤 없는 보통사람과 다를 바 없이 옛날에 하던 장사를 시작했다. 살다 보면 이런 일도 일어난다. 알다시피 인간은 머리 위 하늘을 바꾸고 새로운 별자리를 보면서도 자신의 혼은 바꾸지 않으므로 때로는 그토록 색다른 환경에서도 자신의 업을 바꾸지 않기도 하는 것이다.

이런 결과는 분명 데이비드 자신의 기대와도 정반대였다. 여러분도 주지하고 있다시피 그는 '흑인들' 사이에서 멋진 일을 할 것을 고대했었다. 그러나 백인 남자를 이미 너무 많이 본 탓인지 무슨 다른 이유가 있었는지 몰라도 흑인들은 단 한 번도 데이비드를 우월한 인간으로 인정하지 않았다. 게다가 그중에는 공주도 없었다. 자메이카의 그 누구도 데이비드와 교제하는 것이 즐겁다는 이유만으로 그를 부양하려 안달하지 않았다. 그 자신에게는 너무나 분명한 남자의 숨겨진 가치는 무기력한 구세계 사회에서 그렇기로 악명 높은 것처럼 그곳에서도 거의 인정받지 못했다. 그러니 데이비드는 호화로운 서인도 제도에서 술탄처럼 방종한 생활을 했다고 암시하는 어두운 말을 오이스터 클럽에서 내뱉음으로써 사실 자기 자신에게 잘못을 저질렀다고 나는 생각한다. 내가 알기로 그는 스스로 돈을 벌어 먹고살아야 했고, 실제로 요리를 다시 직업 삼은 것도 어쨌거나 그것이 그가 숙련노동을 제공할 수 있는 유일한 분야였기 때문이었다. 데이비드는 재산은 많고 능력은 적은 사람들을 속일 창의적인 계획을 몇 가지 세워뒀다. 하지만 알맞은 상황과 알맞은 사람을 만나는 기회가 도무지 오지 않았다. 일하지 않고 부자가 되기 위한 데이비드의 계책은 그의 디저트 레시피처럼 그 자신의 외부 세계와 직접적인 관계가 없었던 것으로 보인다. 함량 미달의 반 페니와 반

크라운 동전이 수두룩하게 보아 넘겨지는 것은 있을 수 있는 일이지만, 반 페니나 반 크라운 동전을 소브린 금화로 착각한 사례는 알려진 바가 없다고 알고 있다. 사기꾼은 이 세상에서 성업할 수 있다. 결과를 감수할 용기만 있다면 데이비드에게 맞는 훌륭한 직업이 있으리란 사실은 부인할 수 없다. 그러나 데이비드는 사기꾼이 되기에는, 법망 틈에서 모험하기에는 너무 소심했다. 그가 감히 도둑질할 용기를 낼 수 있는 상대는 어머니뿐이었다. 그랬으니 데이비드는 자신의 진짜 값어치에 기대야만 했다. 제대로 주조된 반 페니 동전으로, 더 정확히 말하자면 제대로 된 디저트 장수로 보이는 데 만족하기. 다소 더 많은 글을 읽고 더 많은 생각을 했다 하더라도 그가 큰돈을 벌 수 있는 다른 길은 없었을 것이다. 아니, 그는 자신에게 이 방면으로 기술을 더 펼쳐 모든 유형의 요리를 포괄할 능력이 있다고 느꼈다. 동시에 인간이 하는 노동의 다른 갈래에서는 자신이 빛날 수 없음도 차차 이해했다. 그가 상대하기에 운명은 너무 막강했다. 데이비드는 운명의 뜻을 굴복시킬 생각으로 바다를 건너갔었다. 그러나 운명은 그를 붙잡아 앞치마를 둘러버리고 다른 모든 계책에서 와락 떼어내 킹스타운의 주방에서 케이크와 패티를 만들게 했다. 운명이 데이비드에게 나쁘지 않은 소득을 쥐여줬으므로 그는 운명 앞에 고분고분해졌다. 그러나 열병과 땀띠를 비롯해 불같은 기후에서 일하는 요리사에게 생기게 마련인 여타 악폐를 겪고 나자 고국 생각이 간절해졌다. 그는 여섯 해 동안 모은 돈을 챙겨, 운명이 그의 직업에 어떤 뜻을 품고 있는지 이번에는 똑똑히 인지한 채 다시 한 번 배를 탔다. 데이비드가 그림워스에서 가게를 차린 돈이 전부 순수하고 소박하게 번 것이냐고 캐묻는다면, 한두 뭉치는 다른 이들의 비행을 말하지 않는 자비를 베풀어 받은 것이라고 고백하지 않을 수 없겠다. 전반적으로 볼 때, 가족의 성^姓에 기대하는 바가 없는데다 새로운 인생을 시작하는 의식으로는 새 이름을 짓는 것이 적절해 보였으므로 데이비드 포는 자신을 에드워드 프릴리로 칭하는 편이 낫겠다고 생각했다.

그러나, 아! 계산한 모든 가능성과 반대로, 데이비드 포라는 이름으로 득을 볼 일도 있는 모양이었다. 사업이 번창하는 업자가 관심을 가질 만한 일이 못 된다고 생각하며 무시해야 할까? 가족과 다시 연을 이을 수도 있는 기회였지만 그에 대한 기대는 전혀 없었다. 게다가 그 "이득이 되는 소식"이 대단한 것이리라는 믿음도 크지 않았다. 그러나 한편으로는 작은 소득도 기쁜 일이며 이 경우에 소득을 얻을 가능성은 너무나 놀라운 것이라 데이비드는 호기심이 일었다. 저울추는 마침내 변호사에게 서한을 보내는 쪽으로 기울었다. 결론적으로 짧게 말해, 서신을 주고받은 끝에 데이비드는 스트럿 씨의 사무실에서 큰형과 만날 약속을 잡았고, 그 모호하던 "소식"은 아버지의 유산 82파운드 3실링으로 규명되었다.

여러분도 알다시피 데이비드는 제 상속권이 박탈되리라 생각했더랬다. 그가 다른 어중이떠중이 아들들과 마찬가지로 훌륭한 부모를 두지 않았더라면 그렇게 되었을 것이다. 훨씬 수준 높은 교육을 받은 사람들조차 불같이 화를 내도 이상할 것이 없다 생각할 만한 상황에서 잘못의 책임을 자기에게로 돌리는 부모 말이다. 선량한 포 부인은 전적으로 무력해 작디작은 다른 선택조차 할 수 없었던 이토록 불량한 아들을 자신이 세상에 내놓았다는 사실을 결코 잊지 못했다. 어째서인지 아들이 비뚤어진 것은 부모의 의무를 다하는 데 손톱만큼이라도 부족함이 있었을 그 아비, 어미의 탓인 것만 같았다. 부인이 생각하는 부모의 의무란 고상하고 은근한 것이 아니라 가족 재산에서 아들이 받아 마땅한 몫을 주는 것이었다. 정직하게 받은 자기 돈이 좀 있으면 그렇게 남의 것을 훔치려 들겠는가? 돈 한 푼 안 주고 버릇 나쁜 아들과 의절하는 것은 악한 성향에 아들을 넘겨주는 것과 같다. 안 되지. 훔쳐간 20기니는 몫에서 제하되 20기니 중에서도 3기니는 어머니도 늘 그 아들 몫으로 생각했다는 점을 참작해 다시 주자. 가출하긴 했지만, 그리고 아마 바다를 건너갔을 테지만 그래도 언젠가 아들이 돌아올 때를 대비해 돈을 남겨서 비축해두자. 포 씨는 아내 의견에 동의했고 떳떳하게 세상을 떠날 때 그렇게 유언에 보충서를 썼다. 그렇지만 한동안 가족은 데이비드가 다시 나타날 일이 전혀 없으리라 생각했고, 제이컵을 책임지게 된 큰아들은 데이비드가 죽었을지도 모르는데 확실성이 요구되는 일이라는 이유로 데이비드 몫의 유산이 그의 법정 상속인에게 떨어지지 못한다는 것이 너무하다고 자주 생각했다. 그런데 지금 보니 정반대의 확실성, 다시 말해 데이비드가 아직 살아 있으며 영국에 있을 가능성이 어느 이웃의 증언으로 생겨나는 듯했다. 캐틀턴에 다녀온 이 이웃은 옆에서 마차를 모는 통통한 남자와 함께 경마차를 탄 데이비드를 분명 봤다고 했다. "데이비드라고 맹세"도 할 수 있다고 했다. "증거가 없어 이유를 설명할 수는 없"지만, "백구를 더는 데리고 있지 않다고 해서 백구를 못 알아보는 것은 아니"니. 이런 일이 있었기에 그렇게 광고를 내게 된 것이었다.

당연히 유산은 데이비드의 실체가 어느 정도 먼저 공개된 뒤에 지급되었다. 데이비드는 어머니에게 안부를 전하게 해달라고, 응당 그래야 하듯 조만간 찾아뵙겠다고 말하게 해달라고 청했다. 다만 지금은 장사 일도 있고 결혼을 앞두고 있으니 집을 떠나기가 어려웠지만. 형은 툭 까놓고 답했다.

"네가 어머니를 뵈러 오는 문제라면 어머니는 어머니 뜻대로 하시겠지만, 나로서는 이 집에서 다시 널 보는 걸 원치 않아. 새 이름을 쓰는 인간은 새로 사귄 사람들만 만나야지."

데이비드는 모욕적인 답을 82파운드 3실링과 함께 받아 챙기고, 자신을 이만큼 풍족하게 해준 거래가 쉽게 이뤄졌다는 데 약간의 승리감을 느끼며 먼 길을 이동해 집으로 돌아왔다. 형제의 인정을 계속해서 요구하며 형의 기분을 상하게 할 생각은 전혀 없었으니, 그저 흡족한 마음으로 위대하지만 자식이 적은 가문의 자제이자 서인도 제도에 괴벽스러운 숙부를 둔 고아 에드워드 프릴리로 돌아갔다. (그가 상상 문학을 얼마간 접했음은 이미 시사한 바 있다. 그는 사고가 실용적이었으므로, 여러분도 알아차렸겠지만 이런 유형의 지식마저 실용적인 목적에 적용했다.)

프릴리가 페니와 결혼할 날짜가 정해졌으니 팰프리 부인이 외출에 대한 거부감을 극복하고 남편과 같이 두 딸을 데려와 페니가 앞으로 살게 될 집을 살피고 그 집에 신부를 들이기 위해 새로 마련해야 할 것을 정해야 한다고 의견이 모인 것은 그가 알찬 여행을 마치고 돌아온 지 일주일이 조금 더 지났을 때였다. 프릴리 씨는 양모 도매상 사모님도 부럽지 않을 만큼 예쁘고 안락한 집을 페니에게 선사할 작정이었다. 가게에 딸린 윗방이 거실로 쓰기에 안성맞춤이었다. 가게 뒤편 응접실도 당연히 남편 가까이에 있고 싶어 할 사랑스러운 페니가 쉬기 좋은 곳으로 만들 것이었다.

자기 아내가 가게에서 기다리는 일은 절대 없게 하겠다는 결심을 프릴리 씨가 표명하긴 했지만. 응접실 가구를 결정하는 일은 일행이 거기서 차를 마실 것이었으므로 마지막까지 밀렸다. 다섯 시쯤 되었을 때 일행은 최상의 머핀과 버터 바른 빵을 앞에 놓고 모두 그곳에 앉아 있었다. 어린 페니는 발그레한 볼로 미소 짓고 있었으며 '단발머리'를 가지런히 정리한 채 푸른 드레스를 입고 하얀 어깨를 살짝 드러내고 있었다. 매번 물어도 페니는 결코 자기 의견을 내놓지 않았다. 페니는 특정한 굴뚝 장식을 내심 바랐지만 차마 그 말을 하지는 못했다. 서른도 채 안 됐는데 벌써 눈가에 주름이 잡힌 누렇고 시들한 연인 옆에 앉은 페니는 여행 경험이 그렇게 많은 남자와 결혼하게 된 자신의 운명이 얼마나 대단한지 생각하며 떨었다. 심지어 레티 언니보다도 먼저! 당당한 러티샤는 다소 거만한 태도로 프릴리 씨를 업신여기는 듯 보였고 미래의 제부를 불쾌한 사람으로 여겼으며, 페니가 저런 남자와 결혼하는 것을 허락한 아버지와 어머니가 답답했다. 사랑하는 우리 페니! 그야말로 신선한 화이트하트버찌 같은 페니가 저 입술도 없는 입에 줄기째 베어 물릴 판

제이컵 형 179

이라니. 저 버찌와 입술도 없는 입이 맞닿지 못하게 미끄러트릴 구원자가 정녕 없단 말인가?

"제독님과 가족답게 많이 닮았구려, 프릴리." 가족 초상화를 처음으로 본 팰프리 부인이 말했다. "멋지네! 종조부님뿐인데, 다른 가족 중에는 닮은 사람이 더 없나?"

"글쎄요." 프릴리 씨가 한숨을 쉬며 말했다. "저희 집안 사람들은 대개 스스로를 높이 평가해 제게 좀처럼 관심을 두지 않습니다."

바로 그때 가게에서 예사롭지 않은 소란이 일어났다. 육중한 동물이 발을 구르며 성난 소리를 내는 듯했고 이어서 유리병이 떨어져 산산조각 나는 듯하더니 기겁해서 "사장님"을 외치는 도제의 목소리가 들렸다.

프릴리 씨는 놀란 가슴으로 일어나 서둘러 가게로 들어갔고, 그의 뒤를 따라와 응접실 문 앞에 모여 선 팰프리 일가의 네 사람은 작업복 차림으로 쇠스랑을 든 우람한 남자가 달려와 프릴리 씨를 껴안으며 "제이비, 제이비, 덩생 제이비!"라고 외치는 광경에 어안이 벙벙해 얼어붙었다.

제이컵이었다. 데이비드는 잠시나마 평정을 완전히 잃고 말았다. 어머니의 기니 금화를 훔친 죄로 체포된 기분이었다. 등골이 오싹해진 그는 형의 손에 붙들린 채 몸을 떨었다.

"아니, 이게 무슨 상황이지?" 문 앞에 있던 팰프리 씨가 앞으로 나서며 말했다. "이 사람은 누군가?"

제이컵은 거듭거듭 답을 내놓았다.

"나 제컵이자나, 제컵 형. 일로 와, 제이비." 그의 말은 허기 때문에 힘이 빠진 손이 크고 두툼하게 구운 파이를 움켜쥐고 입가로 가져갈 때까지 계속되었다.

이쯤 되니 계책을 떠올리는 데이비드의 힘도 슬슬 돌아왔지만, 가엾은 제이컵을 향한 분노와 혐오를 억누르기란 그처럼 분별력 있는 사람에게도 무척이나 어려운 일이었다.

"저도 누군지 모르겠군요. 술 취한 사람인가 봅니다." 그가 팰프리 씨에게 낮은 목소리로 말했다. "하지만 저렇게 쇠스랑을 쥐고 있으니 위험해요. 절대 놓지 않을 테니까요." 제이컵의 습관을 너무 잘 아는 것처럼 보일 뻔한 순간 그는 제 입을 단속하고 얼른 덧붙였다. "*어르신이* 잠깐만 지켜봐주시죠. 저는 가서

치안관을 불러오겠습니다." 그러고는 황급히 가게에
서 나갔다.

"아니, 자네 집은 어디인가?" 팰프리 씨가 달래는
말투로 제이컵에게 물었다. 제이컵은 파이를 큼직하
게 베어 먹으면서 왼팔로는 쇠스랑을 안고 왼손은 바
스번*에 얹은 채 가게의 다른 좋은 상품들을 둘러봤
다. 그는 오랫동안 보지 못했던 친구와 다시 만났는데
전에 자신의 마음을 사로잡았던 친구의 성질이 어느
때보다 진해져 있다는 것을 알게 된 흔치 않은 입장이
되어 있었다.

"제컵이야, 제컵 형. 집에 가자. 난 제이비 사랑해,
덩생 제이비." 제이컵은 팰프리 씨가 눈에 들어오자
마자 말했다. "제이비가 저인도 제도에서 돌아왔어.
엄마 지니 갖고 있지. 제이비 어디 있어?" 말을 더한
제이컵은 주변을 둘러보다가 데이비드가 사라진 데
당황해 어떻게 된 일이냐는 듯 다른 사람들을 봤다.

"이것 참 희한하군." 팰프리 씨가 아내와 딸들에게
말했다. "프릴리가 서인도 제도에서 돌아온 자기 형

* 향신료와 건과일이 든 달콤한 빵.

제라는 얘기 같은데."

"이런 친척이 생기면 얼마나 유쾌할까요!" 러티샤가 빈정댔다. "이 사람 프릴리 씨랑 비슷한 점이 많은 것 같은데요. 코도 똑 닮았고, 눈동자 색도 똑같아요."

가엾은 페니는 당장이라도 울 것 같았다.

프릴리 씨는 이내 가게로 다시 들어왔는데, 치안관은 대동하지 않은 채였다. 얼마간 길을 걸으며 추후의 결과를 생각하는 시야를 넓힐 시간과 차분함을 누리고 나니, 모르는 사람이 공격했다며 제이컵을 구빈원이나 감옥에 보냈다가는 가족이 제이컵의 행방을 수소문하는 수고를 마다하지 않았을 때 난감한 일이 생길 수도 있겠다 싶었다. 상황을 받아들이고 더 참을성 있게 대응해야만 했다.

"다시 생각해봤습니다만." 그는 제이컵이 뒤돌아서 있는 동안 펠프리 씨를 손짓으로 불러 귓속말을 했다. "가엾고 모자란 친구잖습니까. 아마 친구들이 찾으러 올 겁니다. 먹을 걸 좀 주고 하룻밤 누울 자리를 마련해줘도 전 괜찮습니다. 저랑 아는 사이라고 믿는 모양인데, 바보들은 이런 공상을 할 때가 있죠. 한두 시간 뒤면 도로 떠나서 소동이 멎을 수도 있고요. *일*

단 전 인정 많은 사람입니다. 가엾은 친구가 혹사당하는 건 바라지 않아요."

"아니, 소브린 금화 하나 값어치는 순식간에 먹어치울 것 같은데." 팰프리 씨가 말했다. 프릴리 씨의 인심이 후해도 너무 후하지 않나 싶었다.

"어, 제이비, 돌아온 거?" 제이컵은 큰 소리로 외치며 사랑하는 동생을 또 한 번 껴안았다. 프릴리 씨는 쇠스랑 대에 얼굴이 불편하게 짓눌려 있었다.

"그래, 그래." 머릿속으로는 사람을 죽이고도 남았으나 실제로 행할 용기는 없는 프릴리 씨가 미소 지으며 말했다. 바스번에 우연히 비소가 들어 있었으면 좋겠다고 생각했다.

"어머니 지니?" 제이컵이 노란 로젠지 사탕이 든 창가의 유리병을 가리키며 말했다. "나안테 줘."

데이비드는 아래쪽 유리병으로 손을 뻗어 제이컵에게 사탕을 한 줌 주는 것 외에 다른 행동을 할 엄두를 내지 못했다. 제이컵은 작업복을 펼쳐 사탕을 받고는 더 달라고 또다시 옷을 내밀었다.

'사탕을 주면 어쨌든 잠깐은 조용하겠지.' 데이비드는 이렇게 생각하고 유리병에 든 사탕을 전부 꺼냈

다. 제이컵은 기쁨에 겨운 나머지 얼굴을 일그러뜨리
며 활짝 웃었다.

"모르는 사람에게 아주 친절하군요, 프릴리 씨."
러티샤가 말했다. 이어서 데이비드가 응접실 문간에
모인 무리에 합류하자마자 독살스럽게 쏘아붙였다.
"이보다 더 잘해줄 수는 없겠어요. 진짜 형제여도 말
이죠."

"바보를 친절하게 대하는 게 도리라고 늘 생각했거
든요." 프릴리 씨가 해당 사안에 대한 가장 도덕적인
관점을 좇으려고 애쓰며 말했다. "우리도 바보일 뻔
했어요. 누구든 정신이 제대로 박히지 않은 바보로 태
어날 수 있죠."

"이래서야 우리 모두를 먹일 음식을 지킬 수가 있
을지 모르겠지만." 팰프리 부인이 주부다운 관점에서
문제를 대하며 말했다.

"아무튼 다시 앉아서 차를 마저 마시지." 팰프리 씨
가 말했다. "딱한 녀석은 혼자 내버려두고."

그들은 응접실로 다시 들어갔다. 그러나 제이컵은
자신을 홀로 남겨준 친절을 몰라주는 것인지 곧바로
동생을 따라와 쇠스랑을 바닥에 놓고 탁자에 앉았다.

"그럼." 러티샤 양이 일어나며 말했다. "*어머니*는 여기 계속 계실 생각인지 모르겠지만 저는 집에 가야겠어요."

"아, 나도 갈래." 자신을 향해 고개를 끄덕이며 히죽거리기 시작한 제이컵 때문에 죽을 만큼 겁에 질린 페니가 말했다.

"그렇다면 우리 모두 이만 가는 게 *맞겠는걸*, 여보." 어머니가 딸들보다 천천히 일어나며 말했다.

지난 30분 동안 낯빛이 완연히 누래진 프릴리 씨는 이 제안을 마다하지 않았다. "상황이 더 좋을 때" 다시 만나자고 말했다.

"제가 보기에는 저 남자, 프릴리 형제 맞아요." 러티샤가 다 같이 집으로 돌아가는 길에 말했다.

"레티 언니는 왜 그렇게 심술궂은 거야." 이렇게 말한 페니가 울기 시작했다.

"터무니없는 소리!" 팰프리 씨가 말했다. "프릴리는 형제가 없어. 몇 번이고 몇 번이고 그렇게 말했단 말이야. 그 사람은 고아야. 숙부나 몇 명 있을까. 적어도 한 명은 있지. 바보 말이 뭐가 중요해? 프릴리가 거짓말할 이유가 있어?"

러티샤는 팩 고개를 돌리고 입을 다물었다.

정 많은 형 제이컵과 단둘이 남은 프릴리 씨는 다음 날 아침 일찍 형을 마을 밖으로 꾀어내 비밀이 더 드러나는 일 없이 길스브룩으로 옮길 수 있을지 곰곰이 생각했다. 그러나 어려운 일이었다. 제이컵을 직접 데려가면 자신의 부재가 외지인이 사라졌다는 사실과 맞물려 둘이 진짜 친족 관계라는 확신이 사람들 사이에 생겨나거나, 그 외지인이 사라진 동시에 자신도 자리를 비운 이유를 설명할 이야기를 지어내는 위험한 수를 써야만 하리란 것이 명백했다. 데이비드는 앓는 소리를 냈다. 거짓말이 번거롭게 느껴지는 순간도 오는 법이다. 애당초 숙부니 종조부니 하는 그 기발하고도 소소한 거짓말을 하지 않았더라면 계책이 더 훗날까지 통했을지도 모른다. 펠프리네는 단순한 사람들이었고 거짓말은 나쁘다는 세간의 편견을 공유했으니. 이번에 떼어놓는다고 해도 제이컵이 이미 길을 아는 마당에 또 나타나지 않으리라는 보장이 어디에 있는가? 오, 기니 금화! 오, 로젠지! 어머니의 소유물을 도둑질한 적 없고 소소한 거짓말 한번 한 적 없는 이들이 얼마나 부러웠던지! 데이비드가 밤잠을 이루

지 못하는 동안 제이컵은 가까이서 코를 골았다. 서인
도 제도에 다녀와 일화와 더불어 경험을 얻은 결과가
이것이란 말인가?

데이비드는 과거 제이컵 걱정이 있을 때 그랬던 것
처럼 동이 트자마자 일어났고 깊이 잠든 이 치명적인
형을 깨울 부드러운 방법은 모조리 써봤다. 도제가 집
에 있어 모든 사실을 알릴 수도 있었으므로 큰 소리를
낼 엄두는 내지 못했다. 그러나 제이컵은 일어날 기미
가 보이지 않았다. 그는 자신을 방해하는 알 수 없는
원인과 주먹으로 싸웠고 몸을 뒤척이고는 다시 코를
골았다. 알아서 일어날 때까지 내버려둬야만 했다. 눈
썹에 식은땀이 맺힌 데이비드는 제이컵을 그날 떼어
놓을 수는 없겠다는 것을 인정했다.

펠프리 씨는 예비 사위가 그토록 호의적으로 대한
외지인을 어떻게 했는지 알고 싶다는 당연한 궁금증
을 안고 정오가 되기 전에 그림워스로 왔다. 가게 주
변에는 사람들이 모여 있었다. 프릴리 씨가 자신을
"동생 제이비"라 부르는 웬 바보한테 시달리고 있다
는 소식을 그림워스의 모두가 들은 뒤였다. 어린 사람
들은 이 남다른 외지인이 질리지 않는 흥미의 원천이

라 여기는 듯했고 가장들은 한 사람씩 들러서 무슨 일이냐고 물었다.

"구빈원에 보내지 그럽니까?" 프리티먼 씨가 말했다. "당장이라도 아이들과 말썽을 빚을 텐데요. 그러면 속수무책일 겁니다. 저런 사람이 있어야 할 곳은 구빈원이에요. 가족이 있으면 와서 찾아가겠죠."

"그건 프리티먼 씨 *당신* 생각이지요." 고역스러운 처지에 정신이 쇠약해진 데이비드가 말했다.

"뭐라고요! 저 사람이 *진짜* 당신 형제라도 됩니까?" 프리티먼 씨가 이웃 프릴리를 제법 날카롭게 쏘아보며 말했다.

"인간은 모두 형제입니다. 바보들은 더더욱 그렇고요." 지식이 광범위한 많은 이들이 그렇듯 영어라는 언어에 통달하지는 못한 프릴리 씨가 말했다.

"자, 이봐요, 저 사람이 정말 형이면 사실대로 말하면 되잖아요." 프리티먼 씨가 의구심을 키우며 말했다. "자기 육친을 부끄러워하면 쓰나."

팰프리 씨가 같은 자리에서 마찬가지로 프릴리를 주시하고 있었다. 자신이 그간 거짓말을 해왔음을 폭로할 진실이 자기에게 유리하리라고 믿기란 어려운 법이다. 이 중대한 고비에 데이비드는 미래의 장인이 지켜보는 앞에서 망신당하지 않으려고 몸을 사렸다.

"프리티먼 씨." 데이비드가 말했다. "방금 하신 말씀은 저를 욕하는 것으로 들리는군요. 저는 육친을 자랑스러워하지 않을 이유가 없습니다. 이 가엾은 남자가 모든 인간이 형제인 것을 넘어 진짜 제 형제라면 저는 그렇다고 말할 겁니다."

그때 웬 길쭉한 형체가 문 앞에 나타나 순간적으로 주위가 어둑해졌다. 데이비드가 눈을 들어 바라보니 문턱을 밟고 선 큰형 조너선이 보였다.

"나 제이비랑 이쏠 거야." 마찬가지로 큰형을 발견한 제이컵은 이렇게 소리치며 계산대 뒤로 달려가 데이비드를 세게 움켜잡았다.

"뭐야, 여기 *있었어*?" 조너선 포가 앞으로 나오며 말했다. "어머니는 못 찾을 거라고 했어. 나간 지 너무 오래됐으니. 그래도 내가 찾아보지 않을 순 없잖아. 근데 얘가 널 만나러 갔겠다 싶은 생각이 퍼뜩 들더라고. 우리가 요즘 네 얘기를 좀 했거든. 사는 곳도 말했고."

빠져나갈 구멍이 없음을 깨달은 데이비드는 불쾌한 미소를 지었다.

"뭐라, 그럼 이 사람이 선생 가족입니까?" 펠프리 씨가 조녀선에게 물었다.

"그래요, 암것도 모르는 내 동생이지요, 그렇고말고." 정직한 조녀선이 말했다. "이 녀석 먹이고 이것저것 신경 쓰느라 골치도 아프고 돈도 많이 들지만, 주어진 대로 견뎌야지 어쩌겠수."

"그럼 선생 이름도 프릴리겠군요?" 프리티먼 씨가 말했다.

"아니, 아뇨. 내 이름은 포올시다. 프릴리란 가족은 금시초문입니다." 조녀선이 퉁명스럽게 말하고 데이비드 쪽을 보며 말을 덧붙였다. "자, 어머니한테 제이컵 소식을 전하긴 해야 해. 내가 데려갈까, 아니면 네가 맡아서 돌려보낼 테야?"

"데려가, 나 붙잡고 있는 손을 풀 수 있으면." 데이비드가 맥없이 말했다.

"그렇다면 선생은 여기 제과업 하는 신사의 형제 되신다는 말씀이지요?" 프리티먼 씨가 말했다. 말에 격식을 차려야 할 상황 같았다.

"*나는* 형제로 인정 안 하고 싶소만." 조녀선이 지금껏 한 번도 성에 차게 표출할 수 없었던 꿈틀거리는 분개심을 누르지 못하고 말했다. "저 녀석은 오래전 그럴싸한 이유로 주머니를 채워서 집을 버리고 떠났수다. 본인도 더는 형제로 지낼 마음이 없다, 난 그렇게 생각했지요."

펠프리 씨는 가게를 떠났다. 가만히 속고만 있었다는 생각에 자존심이 너무나 크게 상한 나머지 자세한 사정을 알고 싶다는 마음이 들지 않았다. 집으로 가서 프릴리가 초라한 좀도둑이라는 사실, 아마 불량배일 것 같다는 사실을 딸에게 알리고 약혼은 깨진 일이라 말하는 것이 급선무였다.

프리티먼 씨는 *자신이* 프릴리에게 끝까지 넘어가지 않았다는 데, 그리고 이제 챌로너 씨도 자신이 나이 많은 교구 주민들의 머리 위에 올려놓았던 이 작자가 어떤 부류인지 알게 되리라는 데 속으로 흡족해하며 그 자리에 남았다. 그가 생각하기에는 교구의 이익을 위해 이 '침입자'에 대해 알아야 할 사실을 자신이 모두 알아야 마땅했다. 이런 일이 계속되면 보터니만*사람들도 그림워스에 정착하겠다고 올 판이었다.

---

* 쿡 선장이 오스트레일리아에 처음으로 상륙한 곳이자 훗날 다른 함대가 유형지를 세우러 간 만.

완력을 쓰지 않고서는 제이컵이 사랑하는 동생 데이비드를 포기하게 할 수 없음이 곧 분명해졌다. 제이컵은 조너선을 따라가면 지방을 빼고 남은 우유와 사과를 채운 빵떡, 누에콩, 돼지고기를 먹는 생활로 돌아가리란 것을 더없이 총명한 정신의 소유자만큼이나 명료하게 이해했다. 동생의 가게는 그에게 천국이었다. 제이컵에게는 완력을 쓰기도 까다로웠는데, 그가 징이 잔뜩 박힌 장화를 신고 있었기 때문이다. 그가 쥔 쇠스랑을 제압하면 주저하지 않고 발길질을 할 것이었다. 교활한 수로 손발을 묶어야만 모두가 안전할 터였다.

"여기 있으라고 해." 자포자기하고 체념한 데이비드가 말했다. 가게가 더 소란스러워지는 것이 무엇보다 두려웠다. 그랬다가는 자신의 정체가 탄로 나는 현장이 더더욱 이목을 끌 것이었다. "*형은* 돌아가. 제이컵 형은 내일쯤 내가 길스브룩에 데려갈 수 있을 거야. 안 뒤처지고 날 잘 따라오겠지." 데이비드가 반쯤은 앓는 소리로 말을 덧붙였다.

"그래라." 조너선이 걸걸하게 말했다. "*너라고* 우리처럼 이 녀석 때문에 골머리 앓고 돈 쓰지 말란 법은 없지. 하지만 분명히 말하는데, 탈 없이 늦지 않게 돌려보내. 안 그러면 어머니가 마음을 놓을 수 없으니까."

일이 일단락되자 프리티먼 씨는 조너선 포에게 자신과 간단히 요기라도 하러 가자고 청했다. 수락할 만한 초대였다. 정직한 조너선은 창피할 것이 전혀 없었으므로 정중한 직물상*에게 이야기하는 데 매우 솔직했을 것이고, 교구의 이익을 추구하는 이 직물상은 서둘러 프릴리 이름의 교구 공동 재산과 관련해 모을 수 있는 정보를 다 모았다. 그날 저녁 울팩에서 열린 클럽 모임 자리가 유난히 활기찼다는 것은 여러분도 상상할 수 있으리라. 회원들은 전부 자칭 프릴리라는 이 사람을 좋게 본 적이 없음을 증명하려 안달이었다. 이름이 포라고 했지? 폭스라고 하는 것이 더 어울리겠어. 대다수는 그가 야유받으며 마을에서 쫓겨나는 광경을 보고 싶다는 소망을 표했다.

그날 프릴리 씨는 감히 가게 문밖으로 나가지 못했다. 제이컵이 자기 옆에 꼭 붙어 다니리란 것을 알았기 때문이다. 어린아이들이 줄줄이 따라붙을 가능성

* 프리티먼 씨는 앞서 식료품 상인으로 소개되었으나 19세기에는 식료품과 직물을 함께 취급하는 경우가 드물지 않았다.

194

도 농후했다. 다음 날 아침 올팩에 경마차를 부르려고 전갈을 보냈지만 집주인은 이 부탁을 비밀에 부치지 않았다. 프릴리 씨는 일곱 시는 되어야 경마차를 부를 수 있다는 통보를 받았는데, 그림워스 사람들은 기상 시간이 빨랐다. 그날 아침에는 사람들 정신이 평소보 다 더 맑았을 것이다. 사탕 한 꾸러미를 손에 쥔 제이 컵이 동생 데이비드와 같이 경마차에 타도록 꾀여 나 오던 때는 시장에 사는 사람들이 대문과 창문으로 내 다봤고, 길을 꺾으니 도제와 학생 무리가 지나가는 제 이컵과 데이비드에게 고함을 쳤다. 제이컵은 그들이 유쾌하고 친근하게 구는 것이라 받아들이고 답으로 고개를 끄덕이며 히죽히죽 웃었다. "에헤이, 데이비 드 포! 숙부는 잘 있나?"가 사람들이 건네는 아침 인 사였다. 다른 뾰족한 것들과 마찬가지로 아주 뜬금없 는 인사는 아니었다.

사람들 앞에서 이렇게 조롱당하는 것도, 당장은 제 이컵을 집으로 돌려보낸다고 해도 이 인간이 꿀통을 찾아오는 말벌처럼 또 나타나지 않으리라는 보장이 전혀 없다는 무시무시한 생각에 비하면 데이비드에 게는 그렇게 암담하지 않았다. 그림워스에 사는 한 제이컵이 다시 등장할 수도 있다는 걱정은 데이비드를 떠나지 않을 것이었다. 데이비드가 그림워스에 계속 살 수는 있을까? 비웃음거리가 되었고 팰프리 가족에게도 버림받았는데, 전만 해도 사람들의 부러움을 한 몸에 받는 잘나가는 디저트 장수라는 생각에 흥청거렸는데? 데이비드는 부러움의 대상이 되는 것이 좋았다. 사랑받는 데는 별 관심이 없었다.

이 문제에 대한 그의 의구심은 금방 해소되었다. 그림워스의 민심은 그와 그가 만드는 식품에 완강히 등을 돌렸고, 새 학교가 완공되어 식당도 문을 닫았다. 다른 이유가 없었으면, 생각도 안 날 만큼 아득한 옛날부터 이 교구에 살았던 점잖은 가족인 팰프리네의 입장에 공감한다는 것이 형편 넉넉한 사람들에게서 프릴리의 상품을 거부하겠다는 결심을 이끌어내는 결정적인 이유가 되었을 것이다. 거기다 어머니의 기니 금화까지 들고 날랐었다니, 자메이카에서든 다른 곳에서든, 그림워스로 와서 거짓말로 여러 가정에 스멀스멀 침투하기 전까지 또 무슨 짓을 했을지 누가 알겠는가? 여자들은 몸서리쳤다. 끔찍한 의심이 그의 주위로 뭉쳤다. 그 초록색 눈과 오 다리에도 범죄자 같은 구석이 있었다. 교구 목사는 자신을 이용한 남자라면 꼴도 보기 싫어했다. 물건 살 형편이 안 되는 남자아이들은 죄 가게를 지나치며 "데이비드 포"라고 야유했다. 이제 프릴리 씨가 파는 '호의'에 값을 지불하려는 사람은 아무도 없을 것이 확실하니, 그는 이사 비용을 생각하면 너무나 탐나는 개인 재산을 남기지 않고라도 장사를 접지 않을 도리가 없었다.

시장의 그 가게는 몇 달 만에 다시 임대 매물로 나왔고, 에드워드 프릴리라는 *가명*을 썼던 데이비드 포는 사라졌다. 어디로 갔는지는 그림워스의 누구도 알지 못했다. 이렇게 해서 그림워스 여성들의 풍기 문란은 단속되었다. 젊은 스틴 부인은 바삭한 민스파이를 만들기 위한 노력을 재개했고, 맛을 본 스틴 씨가 부인을 향해 이 정도면 족하다는 표정을 지으며 평생 먹어본 파이 중 최고라고 말했을 만큼 훌륭한 파이를 비로소 만든 뒤에는 남은 평생 나이팅게일과 배교자 생각을 덜 했다. 중년 주부들의 가슴에서 한층 정교한 요리 비결이 되살아났고 딸들은 다시 그 비기에 입문하기를 고대했다.

예쁜 페니가 프릴리 씨와의 결혼을 준비하며 구입

한 옷감은 타워스네 젊은이와 결혼식을 올릴 때 그 자리를 위해 특별히 주문한 옷감처럼 잘 쓰였다는 소식도 기쁘게 들어줬으면 한다. 페니의 안색은 달라지지 않았고, 원래부터 그 얼굴에는 파란색이 가장 잘 어울렸다.

디저트 장수 데이비드 포와 제이컵 형의 이야기는 이렇게 끝난다. 생각건대 여기서 보이는 것은 위대한 인과응보의 여신이 예상 밖의 형태로 잠복하는 찬탄할 만한 사례다.

해설

고장 난 영혼, 그 깊은 심연을 들여다보다:
조지 엘리엇의 두 초상

　우리는 때때로 자신의 영혼이 고장 났다고 느낀다. 타인과의 진정한 소통이 불가능하다고 여기거나, 세상의 허영과 위선에 공모하다 자신을 잃어버린 듯한 순간들이 있다. 19세기 영국의 대표 작가 조지 엘리엇(George Eliot, 1819~1880년)의 두 중편소설 「벗겨진 베일 *The Lifted Veil*」(1859년)과 「제이컵 형 *Brother Jacob*」(1864년)은 바로 그런 '고장 난 영혼'들의 이야기를 담고 있다.

　조지 엘리엇이라는 이름은 한국 독자들에게 다소 낯설게 들릴지도 모른다. 혹자는 '조지'라는 필명 때문에 그녀를 남성 작가로 오해할 수도 있다. 안타깝게도 한국에서는 영문학 전공자를 제외한 일반 독자들에게 널리 알려지지 않았지만, 엘리엇은 찰스 디킨스, 토머스 하디와 함께 19세기 빅토리아 시대를 대표하는 소설가다. 그녀의 최고 걸작 『미들마치 *Middlemarch*』는 2007년 타임지 선정 '영어로 쓰인 최고의 100대 소설'에서 5위를 차지했고, 2015년에는 BBC가 선정한 최고의 영국 소설로 꼽히기도 했다. 그러나 한국어 번역본 기준으로 천 페이지가 넘는 『미들마치』의 방대한 서사는 일반 독자들의 접근을 어렵게 만든다. 사실, 비교적 짧은 『사일러스 마너 *Silas Marner*』를 제외한 그녀의 작품 대부분이 호흡이 길어 제인 오스틴이나 브론테 자매의 소설보다 한국 독자들에게 폭넓게 읽히지 못한 측면이 있다.

본명이 메리 앤 에번스(Mary Ann Evans)였던 엘리엇은 사랑과 결혼에 있어 빅토리아 시대의 사회적 통념에 얽매이지 않고 현대적 기준으로도 파격적인 삶을 살았다. 그녀는 또한 남성 중심의 문학계에서 작가로서의 진정성을 인정받기 위해 '조지 엘리엇'이라는 필명을 사용해야 했지만, 작품들을 통해 곧 당대 최고의 지성과 독자 들을 사로잡았다. 『미들마치』 외에도 『아담 비드 *Adam Bede*』, 『플로스강의 물방앗간 *The*

Mill on the Floss』, 『사일러스 마너』 등 대표작들은 인간 심리와 사회의 복잡한 관계를 섬세하고 사실적으로 그려내어 문학사에 길이 남을 명작으로 평가받는다. 이 작품들 속에서 엘리엇은 인물들의 내면을 예리하게 파고들어 그들의 행동 동기와 심리적 변화를 설득력 있게 펼쳐 보인다. 특히 욕망과 좌절, 도덕적 갈등과 양심의 문제 같은 인간의 보편적 경험을 다루면서도, 당시 사회의 계층 구조, 물질만능주의, 도덕적 타락 등 사회 문제에 대한 날카로운 통찰을 드러낸다.

『고장 난 영혼』이라는 제목으로 소개되는 엘리엇의 두 중편소설 「벗겨진 베일」과 「제이컵 형」은 그녀의 대표작들에 비해 상대적으로 덜 알려졌으나, 작가의 주요 관심사와 문학적 특징을 잘 보여주는 작품들이다. 「벗겨진 베일」은 초자연적 요소를 통해 소통의 부재와 인간 소외의 문제를 깊이 있게 다루며, 「제이컵 형」은 날카로운 풍자로 인간의 허영과 위선을 적나라하게 폭로한다. 두 작품은 각기 다른 방식으로 인간 영혼의 상처와 결함을 드러내지만, 궁극적으로는 동일한 본질적 질문을 던진다. 우리는 어떻게 타인과 진정한 소통과 관계를 맺을 수 있는가? 진정한 자아를 찾아가는 길은 무엇인가? 이 두 중편소설은 매력적인 서사와 간결한 분량으로 엘리엇의 방대한 문학 세계로 들어가는 좋은 길잡이가 되어줄 것이다.

「벗겨진 베일」은 엘리엇의 사실주의적 대표작들과는 사뭇 다른 분위기를 지닌 독특한 소설이다. 이 작품은 초자연적 요소와 심리적 깊이를 정교하게 결합하여 인간 내면과 관계의 본질을 예리하게 탐구한다. 주인공 래티머는 타인의 마음을 읽고 미래를 예견하는 초능력을 지녔지만, 이 능력은 그에게 축복이 아닌 잔혹한 저주로 다가온다. 그는 타인의 내면을 꿰뚫어 보는 능력 때문에 오히려 인간관계가 단절되고, 점차 사회로부터 고립되며, 결국 가장 가까운 가족과도 정서적 단절을 겪는다. 엘리엇은 이를 통해 진정한 소통이란 단순히 타인의 생각을 읽는 것이 아니라, 서로의 마음을 진심으로 이해하고 공감하는 데 있음을 역설적으로 드러낸다. 타인의 내면을 과도하게 파악하는 것이 오히려 소통을 방해할 수 있음을 보여줌으로써 인간관계의 복잡성과 취약함을 탁월하게 조명한다.

이 소설에서 돋보이는 문학적 기법 중 하나는 바로 초자연적 요소의 효과적인 활용이다. 래티머의 예지

능력과 텔레파시는 작품 전반에 신비로운 분위기를 불어넣으며 독자들을 현실과 환상의 경계로 이끈다. 엘리엇은 이러한 초자연적 장치를 단순한 흥미 유발 수단이 아닌, 인간 내면의 심리적 갈등과 고립을 심층적으로 탐구하는 도구로 활용한다. 이를 통해 독자에게 인간의 고독과 소외, 그리고 진정한 소통의 어려움에 대해 깊이 성찰할 기회를 제공한다.

어둡고 초자연적인 분위기가 주를 이루는 「벗겨진 베일」과는 달리, 「제이컵 형」은 풍자적이고 유머러스한 톤으로 인간의 허영과 탐욕, 자기기만을 날카롭게 비판한다. 특히 인간 내면의 어리석음과 사회적 위선에 대한 그녀의 통찰력 있는 시선은 작품 전반에 걸쳐 빛을 발한다. 주인공 데이비드 포는 평범한 농부의 아들이지만, 어린 시절부터 자신이 특별한 존재라는 망상에 사로잡혀 사회적 성공에 대한 왜곡된 욕망을 키워간다. 이러한 맹목적 야망은 그를 어머니의 돈을 훔쳐 서인도 제도로 떠나게 만들고, 실패 후에는 거짓말과 기만으로 주변인들을 이용하여 신분 상승을 갈구하게 한다. 데이비드는 자신의 뛰어난 지략과 교활함으로 타인을 손쉽게 조종할 수 있다고 자부하지만, 결국 그의 정교한 거짓 인생을 무너뜨리는 것은 가장 순수하고 무방비한 인물, 바로 지적 장애를 가진 제이컵 형이다. 제이컵은 데이비드가 가장 두려워하면서도 가장 무시했던 존재지만, 그의 순수함과 단순함은 데이비드의 모든 거짓과 술수를 완전히 무력화시킨다.

이러한 극적 아이러니 외에도, 엘리엇은 풍자와 유머를 통해 사회적 위선과 허영을 신랄하게 비판한다. 데이비드가 새로운 마을에서 제과점을 열고 '에드워드 프릴리'라는 세련된 가명을 사용하며 자신을 과장된 이야기로 포장할 때, 마을 사람들은 그의 이야기를 아무런 의심 없이 받아들이며 그를 찬양하기 시작한다. 사람들은 그의 화려한 언변과 외모, 그리고 이국에서의 경험담에 매료되어 그의 상품을 소비하며, 심지어 자신의 삶의 방식까지 바꾸게 된다. 이를 통해 엘리엇은 인간이 외적인 허영과 겉치레에 얼마나 쉽게 현혹되는지, 그리고 그러한 허영이 결국 얼마나 공허한 결과를 초래하는지를 유머러스하게 보여준다.

풍자와 유머를 통해 인간의 어리석음과 허황된 욕망을 날카롭게 비판하는 이 작품에서도 엘리엇 특유의 인간 심리에 대한 깊은 이해가 두드러진다. 그녀는 인간의 결점과 약점을 냉철하게 직시하면서도, 이를 따뜻한 연민의 시선으로 바라본다. 데이비드의 행동은 분명 비윤리적이고 비난받아 마땅하지만, 독자는 그의 내면에 자리한 불안과 두려움, 그리고 인정받고자 하는 절실한 갈망에 어느 정도 공감하게 된다. 대부분의 작품에서 엘리엇은 인간의 약점을 단순히 비판하거나 조롱하는 데 그치지 않고, 그 약점의 근원을 깊이 있게 탐색함으로써 독자에게 인간에 대한 폭넓은 이해를 제공한다.

「벗겨진 베일」과 「제이컵 형」에서 잘 드러나듯, 엘리엇은 진정한 소통의 어려움과 인간 내면 깊숙이 숨겨진 욕망과 두려움을 섬세하고 다채롭게 탐구함으로써 독자들로 하여금 자신의 삶과 인간관계를 돌아보게 만든다. 이 점에서 그녀의 작품들은 단순히 19세기 영국 사회의 현실을 반영하는 데 그치지 않고, 시대와 장소를 초월하여 오늘날의 독자들에게도 깊은 공감과 울림을 선사한다.

SNS를 통해 인간관계의 폭이 넓어진 오늘날, 우리는 오히려 더 깊은 소통의 단절과 고립을 경험한다. 겉으로는 화려해 보이는 삶 속에서 진정한 자아를 잃어가는 현대인의 모습은 150년 전 엘리엇이 그린 '고장 난 영혼들'과 놀랍도록 닮아 있다. 「벗겨진 베일」의 래티머가 겪는 소통의 단절은 SNS를 통해 끊임없이 타인의 삶을 엿보며 소외를 경험하는 현대인의 상황을 떠올리게 하고, 「제이컵 형」의 데이비드가 보여주는 허영과 거짓은 인스타그램 속 '꾸며진 삶'과 맞닿아 있다. 이처럼 두 작품은 150년이라는 시간을 뛰어넘어 디지털 시대를 살아가는 우리에게도 여전히 강렬한 울림을 전한다. 그러니 『고장 난 영혼』이라는 제목으로 이번에 함께 번역되어 나온 두 중편소설을 재밌게 읽으며 엘리엇의 풍부한 작품 세계로 들어가 보자. 흥미진진한 두 이야기 틈새에서 그녀가 전하는 인간 존재의 깊은 진실과 공감의 메시지를 발견하게 될 것이다.

김선옥

옮긴이　　　박희원

이야기를 만지며 살고 싶어 번역 세계에 뛰어들었다. 바른번역 소속 번역가로 활동하고 있다. 옮긴 책으로『무법의 바다』,『사물의 표면 아래』,『나는 바보다』,『에이스』,『낭만적 우정과 무가치한 연애』등 이 있다.

해설　　　김선옥

서울대학교 영어영문학과와 동 대학원을 졸업했다. 현재 원광대학교 영어교육과 교수로 현대 영미 문학을 연구하고 강의하고 있다.

고장 난 영혼

1판 1쇄 발행　　　2026년 1월 2일

지은이　　　조지 엘리엇
옮긴이　　　박희원
펴낸이　　　김찬

펴낸곳　　　도서출판 아고라
출판등록　　제2012-000002호(2006년 1월 17일)
주소　　　경기도 고양시 일산동구 정발산로 15 415호
전화　　　031-948-0510
팩스　　　031-8007-0771
전자우편　　bookeditor@daum.net

ⓒ아고라, 2026

ISBN 978-89-92055-83-3　03840